古地図片手に記者が行く

「鬼平犯科帳」から見える東京21世紀

小松健一

CCCメディアハウス

古地図片手に記者が行く

「鬼平犯科帳」から見える東京21世紀

小松健一

本書は『毎日新聞　東京版』の連載「鬼平を歩く」(2015年7年～16年8月)を加筆・修正したものです。
本書は池波正太郎　著『新装版　鬼平犯科帳』(全24巻、文春文庫)を底本としています。

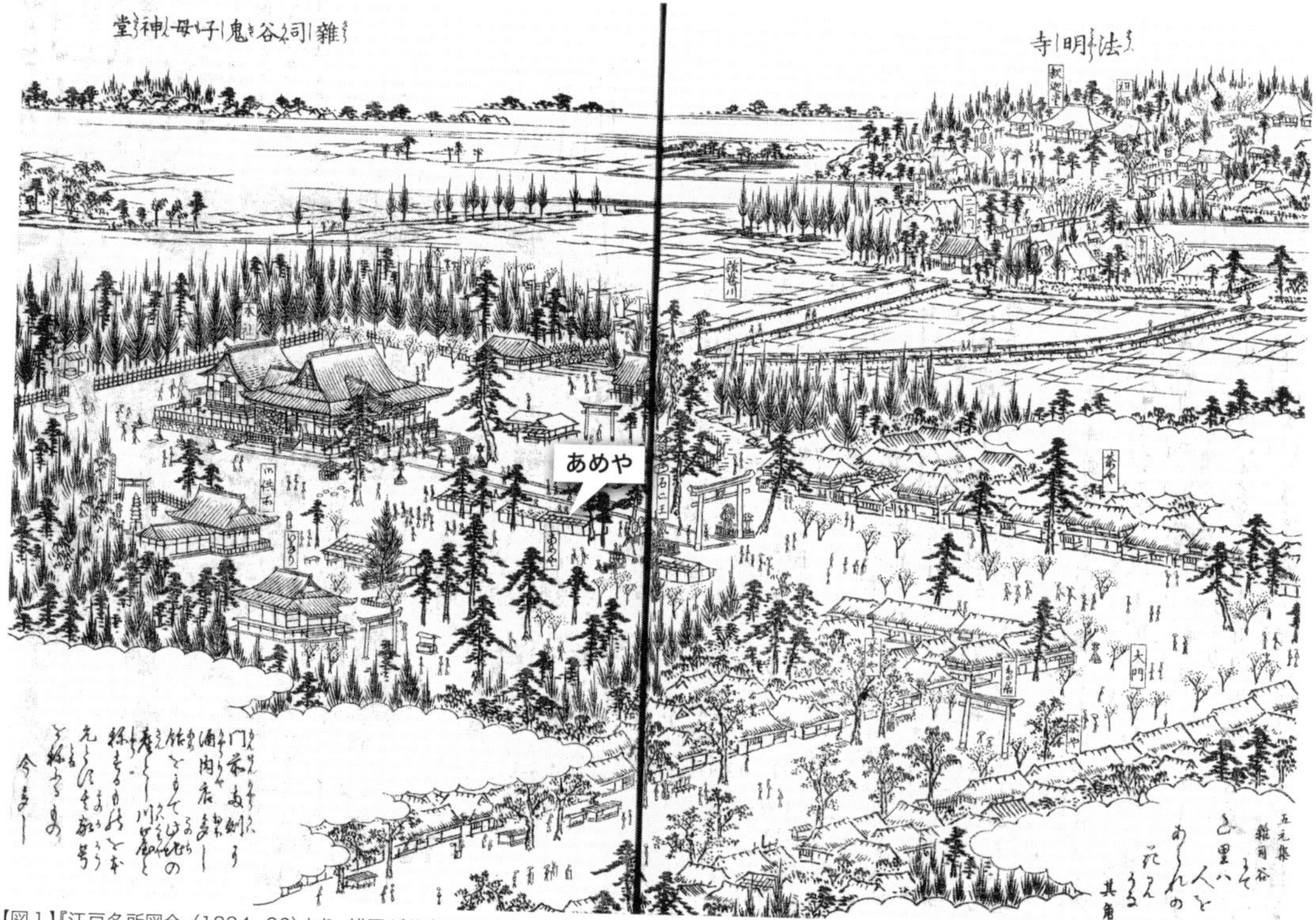

【図１】『江戸名所図会』（1834–36）より、雑司が谷鬼子母神堂。現存する駄菓子屋「上川口屋」の前身だった「あめや」が見える（68 頁）

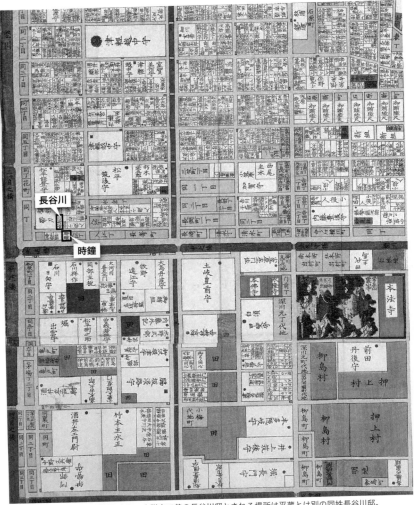

【図２】『江戸切絵図 本所絵図』より。小説内で昔の長谷川邸とされる場所は平蔵とは別の同姓長谷川邸。そばに「時の鐘」がある（16 頁）

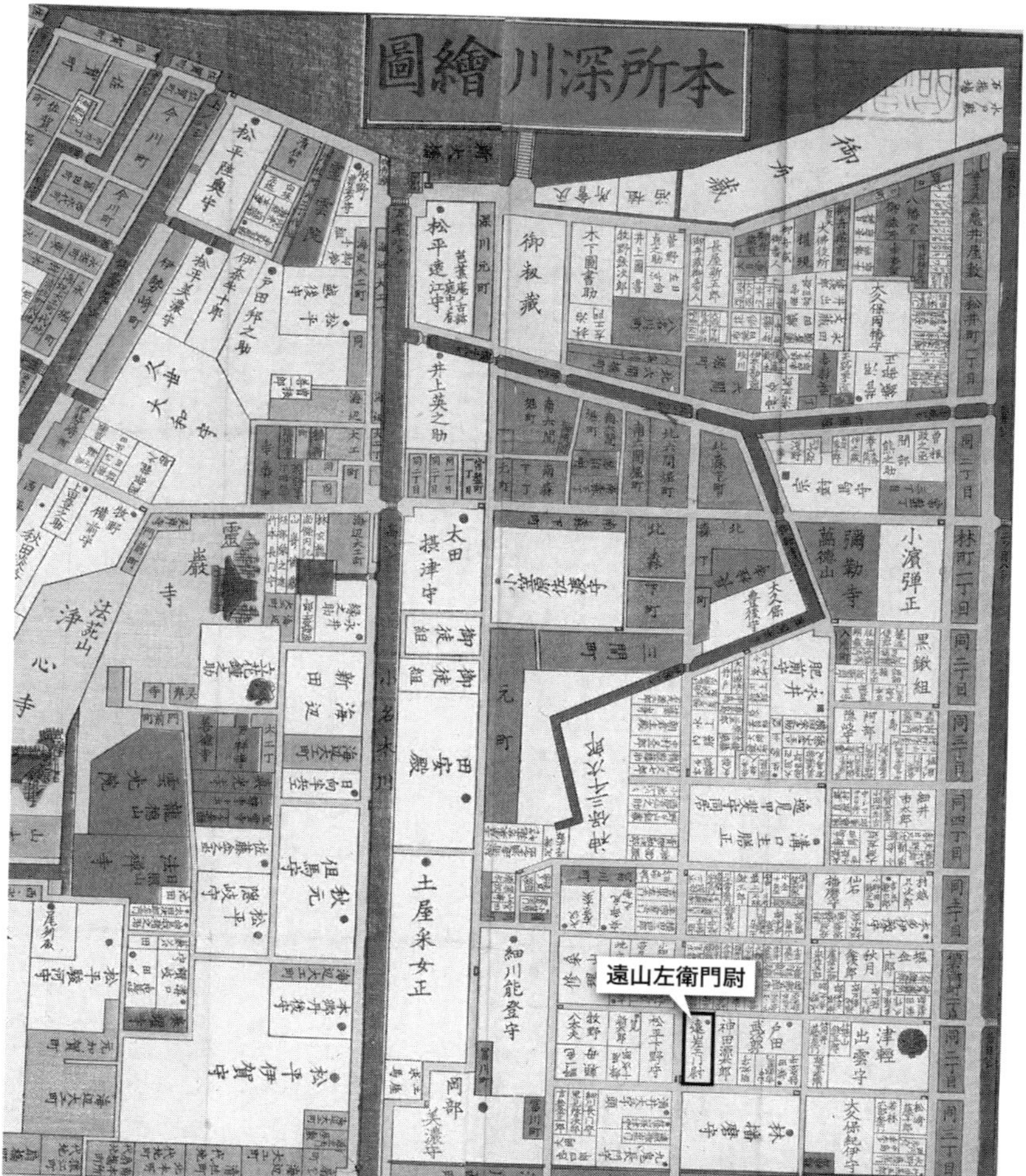

【図３】『江戸切絵図 本所深川絵図』より。遠山左衛門尉（遠山の金さん）の屋敷はかつて史実の長谷川平蔵が住んだ。現在の菊川駅に近い（16 頁）

もくじ

古地図片手に記者が行く

「鬼平犯科帳」から見える東京21世紀

一 怖くて、やさしくて、やはり怖いお人

【清水門外の役宅（千代田区九段南1）】

■いまの都市計画と武家屋敷

江戸時代後期の古地図を手に東京駅から皇居方面へ向かう。駅に隣接する「大丸東京店」は北町奉行所の跡地。大手町の気象庁、東京消防庁から丸紅本社にいたる区域は、徳川御三卿の一つで最後の将軍、徳川慶喜《よしのぶ》の出身家・一橋家の屋敷だった。

江戸の地図をいまの風景に投影すると、東京は大名屋敷など武家屋敷の跡地を活用して首都機能を整備したことがわかる。江戸の土地の70%が武家用地。幕府の貸与物件であるから、明治政府による接収は容易だった。参勤交代がなければ大名

古地図①
『江戸切絵図 駿河台小川町絵図』より

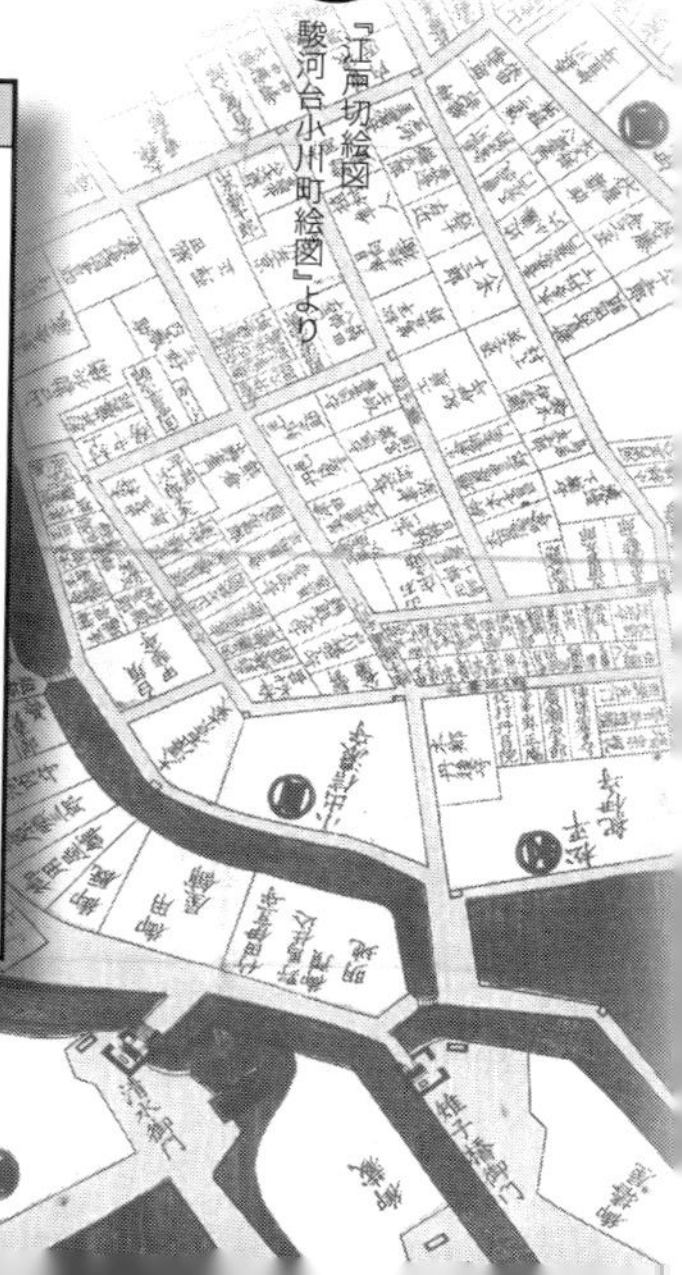

現代地図① 清水門外の役宅

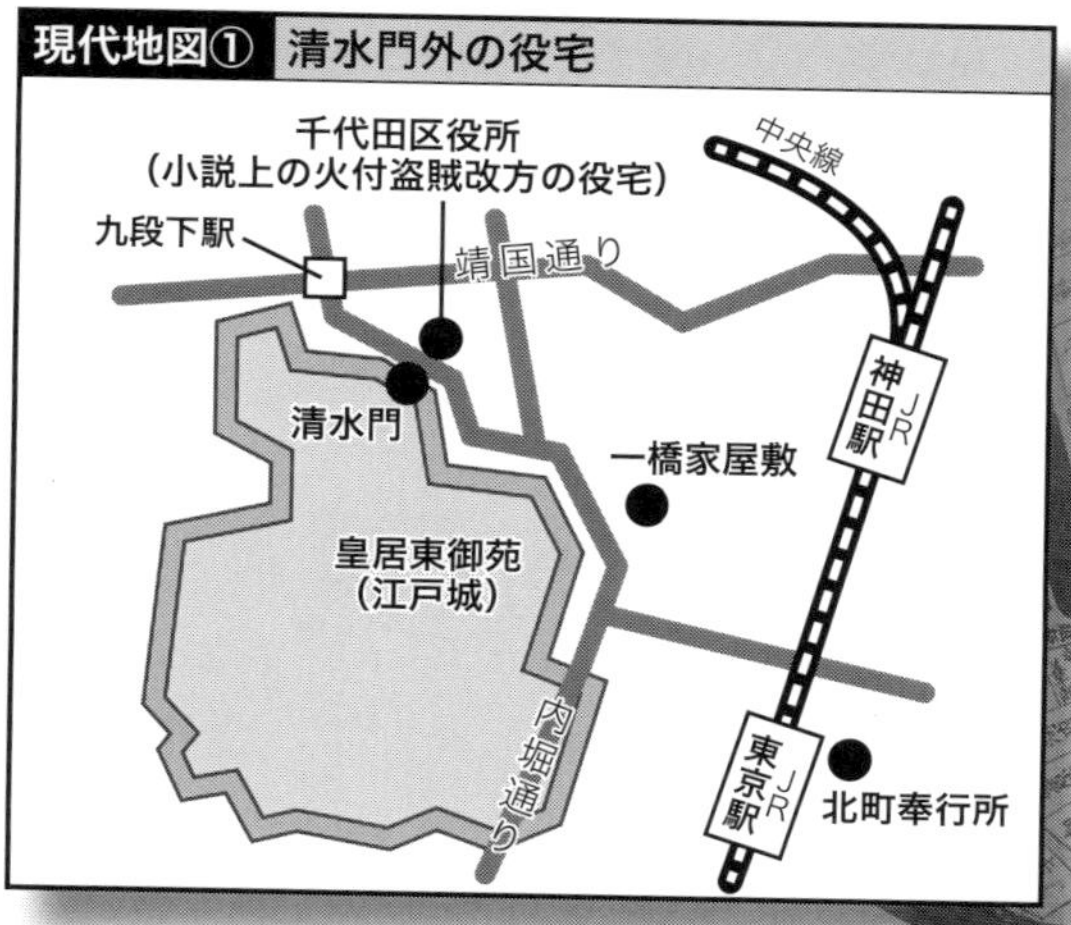

屋敷がこれほど多く建設されなかっただろうし、官庁街、大企業のオフィス街、鉄道などのインフラ用地の確保も難しかっただろう。大久保利通は明治維新後の首都を大阪にしようと提案したが、そうなれば浪速の商人相手に用地買収の補償交渉は難儀したに違いない。

古地図を手に歩くと面白い発見もある。法務省赤レンガ棟(米沢藩上杉家上屋敷跡)に隣接する東京簡易裁判所は、南町奉行から大名に出世した大岡越前守忠相《ただすけ》を藩祖とする西大平藩(愛知県)の上屋敷跡地。名奉行にあやかってこのあたりを司法エリアにしたのだろうか。あれこれ想像が膨らむ。

■ 長谷川平蔵は警視庁1課長?!

内堀通りを地下鉄九段下駅方向へ向かうと、江戸城清水門が見える。

〝蒼い水をたたえた濠と石垣と城門がかもし出す雰囲気は、初夏の夕闇が濃くなりかかるころ、このあたりを歩いていて、おもわず立ち止まり、ためいきがもれるほどに美しい〟

清水門界隈の情景を池波正太郎《いけなみしょうたろう》は『新版江戸古地図散歩』(平凡社)につづっている。内堀通りを挟んだ向かいは、23階建ての近代的な千代田区役所・九段第3合同庁舎ビル。幕府の公用施設「御用屋敷」跡地だが、いまもお上の御用を務める高層の屋敷である。

池波の時代小説『鬼平犯科帳《おにへいはんかちょう》』では、長谷川平蔵《はせがわへいぞう》率いる火付盗賊改方《ひつけとうぞくあらためかた》の役宅《やくたく》は、この

清水門の石段を上り高麗門と濠を望む。後方の千代田区役所・九段第３合同庁舎ビルは幕府「御用屋敷」跡に建てられた。小説では火付盗賊改方の役宅に設定されている

御用屋敷に設けられている。小説の主舞台「清水門外の役宅」である。

長谷川平蔵は１７８０～90年代に活躍した実在の旗本だ。後の十一代将軍となる徳川家斉《いえなり》の警護を務める江戸城西の丸書院番士、幕府の常備軍・治安維持部隊である先手組頭《さきてぐみがしら》を務めた。旗本の役職には役方《やくかた》（行政担当の文官）と番方《ばんかた》（軍事担当の武官）がある。平蔵は一貫して番方畑を歩んだ。先手組の頭は番方の最高ポストで、平蔵は１７８７年、火盗改方長官を兼任した。

江戸の警察・行政・司法は役方の町奉行が総責任者で、いまで言えば町奉行は警視総監、東京都知事、東京地裁所長、東京消防庁の消防総監を兼ねた。役方の旗本にとって最高ポストである。一方、火盗改方長官は放火、盗賊といった凶悪事件を担当する警視庁捜査1課長のような存在だが、役方の町奉行の配下ではない。番方なので軍事特別警察長官と言うべきか。軍事政権である幕府は凶悪事件には番方の軍隊で対処した。

町奉行所で実務を担う与力《よりき》、同心《どうしん》は事実上の世襲制。捜査、取り調べのノウハウが親から子へと伝授、蓄積された。捜査のプロ集団である。

一方、火盗改方の与力、同心は先手組から派遣される。治安部隊員だから捜査が荒っぽい。江戸学の祖と言われる三田村鳶魚《みたむらえんぎょ》(1870~1952年)の『捕物の話』によると、火盗改方は制度や法律とは無縁で職務の引き継ぎ文書などはほとんどなかった。平蔵が活躍する100年ほど前に火盗改方の前身、火付改に任命された中山勘解由《かげゆ》は「仏に見守られていては無慈悲に職務遂行できない」と、自邸の仏壇をぶち壊し、怪しいとにらんだ者を容赦なく捕らえ拷問にかけたため、「鬼勘解由」の異名で恐れられた。

■夫婦喧嘩も仲裁する火盗改方長官

なんとも怖い火盗改方であるが、長谷川平蔵が長官となって評判はガラリと変わる。1787~93年に旗本の風評、江戸の出来事を書き記した『よしの冊子』がある。『随筆百花苑』(中央公論社)第8、9巻に収録されている。平蔵に関する記述も多く、かなり面白い。

捕らえた盗賊の身なりが粗末だったので、平蔵は着物を買い与えてから連行したこと。市中見回りの途中、派手な夫婦喧嘩に遭遇した平蔵が仲直りさせたこと、どうせ捕まるのなら町奉行所よりも慈悲深い平蔵のお縄にかかりたいと盗賊が自首したこと、江戸の庶民の間では「いままでにいなかった素晴らしい火盗改方の長官だ」と評判で慈悲深い方だと喜ばれていたこと……。人々のうわさ話だが、浮かび上がるのは、思いやりがあり、下情《かじょう》に通じた平蔵のイメージである。

一方で、近隣住民にコメや現金を施して慕われていた剣術家を怪しいとにらみ、捕らえると盗賊の首領だったという神業的な勘働きも平蔵は発揮している。

〝怖くて、やさしくて、おもいやりがあって、あたたかくて……そして、やはり、怖いお人だよ〟（第8巻第1話「用心棒」）。池波が描く小説の平蔵は、『よしの冊子』を手繰ると相当にリアルである。

国の重要文化財に指定されている清水門をくぐり石段を上がると、高麗門《こうらいもん》と濠、その向こうに小説上の役宅があった千代田区役所の高層ビルを望むことができる。大手門や桜田門のように観光客が多く訪れる場所ではない。夕暮れ時はほとんど人がいない。江戸情緒をかみしめながら、のんびりと散策できる貴重なスポットだ。

◆長谷川平蔵

1746年生まれ。23歳で十代将軍・徳川家治《いえはる》にお目見えし、29歳で西の丸書院番士として初就職。西の丸の歩兵隊を率いる徒頭《かちがしら》を経て、86年に41歳で先手弓二番組頭に就任。翌年、火付盗賊改方長官を兼任した。在任は病没する95年まで8年間におよび、歴代の最長記録だ。

㊁ 時報に名残「時の鐘」の知恵

【長谷川邸と「時の鐘」(墨田区緑4)】

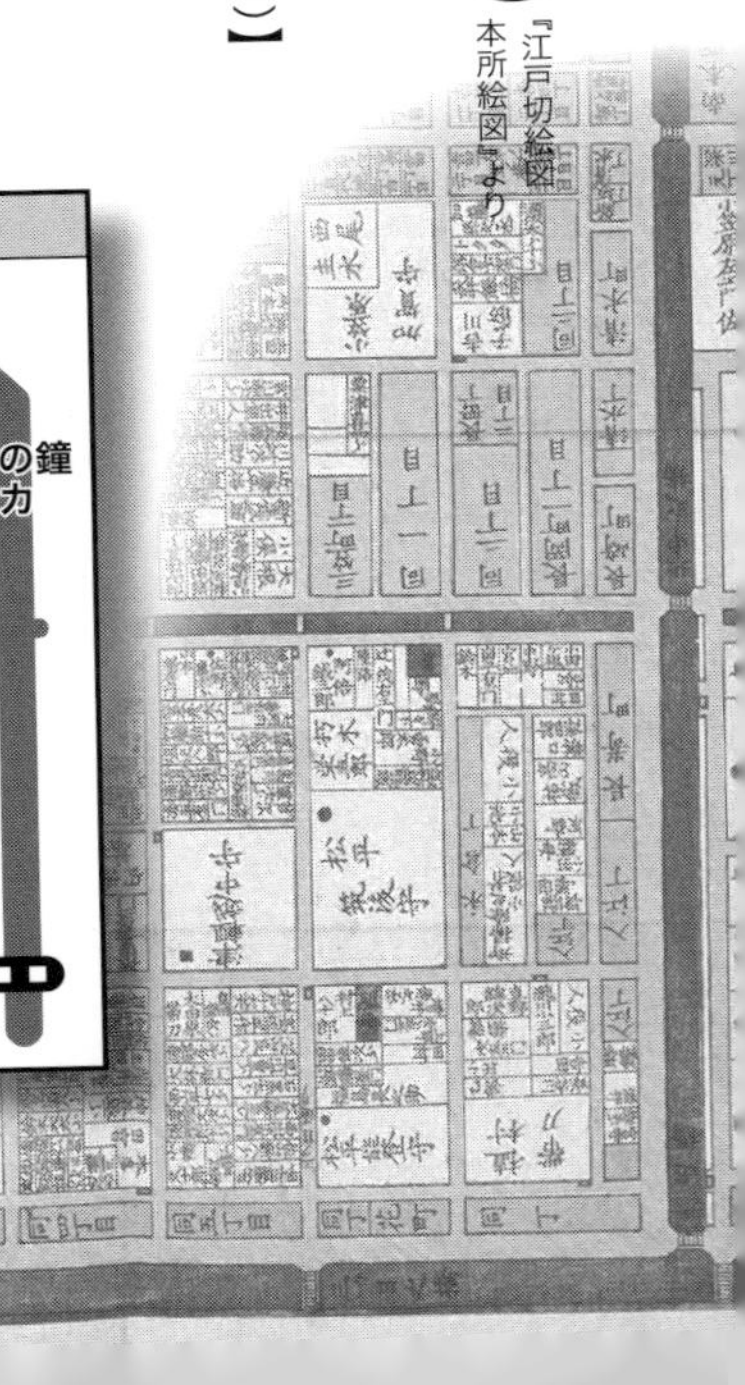

古地図②
『江戸切絵図 本所絵図』より

■「おやつ」の語源

江戸の一日のはじまりは明け六つ。日の出直前のまだ薄暗い頃が明け六つで、鐘が6回打ち鳴らされた。現代の時間で言えば、季節によって違う。夏だと午前4時前後、冬だと午前7時前後になる。

江戸時代、日の出から日没を六等分して明け六つ、五つ、四つ、九つ、八つ、七つの時刻があり、日没から日の出までを六等分して暮れ六つ、五つ……となる。夏の暮れ六つは午後7時半前後、冬の暮れ六つは午後5時前後。太陽が出ている間を最大限に活用する概念で、究極のサマータイムで

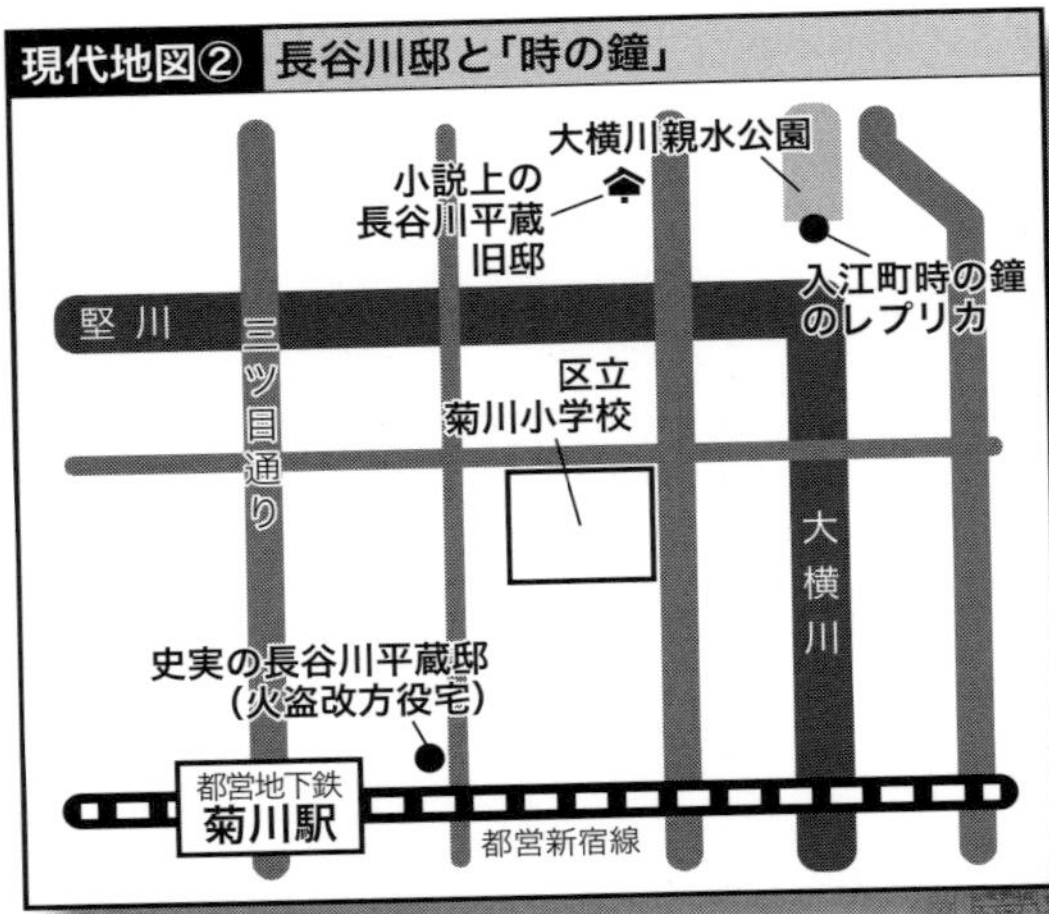

現代地図② 長谷川邸と「時の鐘」

ある。季節調整していまの時間に修正するのはややこしい。時代小説ではたいてい明け六つを午前6時、五つを午前8時、四つを午前10時と2時間刻みにし、夜は暮れ六つを午後6時にして同様に2時間ごとに五つ、四つとしている。

昼の九つは太陽が真上にある午《うま》の刻。そこから12時は正午になった。八つに間食を食べたから「おやつ」。江戸の時刻から生まれた言葉である。

大横川親水公園入口に設置された「入江町時の鐘」のレプリカ

地下鉄菊川駅前にある史実の長谷川平蔵屋敷跡の銘板

時の鐘は五つだと5回、四つだと4回打つが、突然鳴ると「はて何回目だろうか」と混乱する。このため捨て鐘と言って、最初に3回鐘を打ち、一拍おいて時刻を告げる鐘を打つ。現在の時報も3秒前からピッ、ピッ、ピッと合図してポーと告げる。時の鐘の知恵はいまも継承されている。

■「鐘聞き料」は公共料金?!

江戸には「時の鐘」が9カ所あったと言われ、その一つが本所《ほんじょ》・入江町《いりえちょう》にあった。現在の墨田区緑4丁目付近だ。「時の鐘」の管理人は鐘が聞こえる範囲の家々から鐘聞き料を徴収した。入江町の場合、民家なら家の大きさ、武家屋敷は禄高《ろくだか》（収入）に応じて金額が異なった。6畳1間の小さな民家だと、いまの物価水準でいえば年100円前後である。「鐘をついてくれと頼んだ覚えはない」と文句も出たが、鐘の管理人は町奉行所の「強制徴収を許可する」とのお墨付きをもらっていた。鐘を聞きたくなくても支払わねばならない。どこかの公共放送の受信料みたいだ。

〝亡き父・長谷川宣雄《のぶお》にしたがい、父が町奉行となった京都へおもむくまで、長谷川家は本所・三ツ目に屋敷があった。（中略）横川河岸・入江町の鐘楼《しょうろう》の前が、むかしの長谷川邸で、あたりの情景は、数年前の水害で水びたしになったと聞いたが少しも変ってはいない〟（第1巻第2話「本所・桜屋敷」）

■ 別人の長谷川さん

江戸の住宅地図である『江戸切絵図　本所絵図』（巻頭【図2】）を見ると、入江町の鐘楼前に確かに「長谷川」という屋敷がある。いまはコンビニエンスストアになっていて、墨田区が「長谷川平蔵の旧邸」との案内板を設置している。

実は現コンビニの長谷川邸は平蔵とは無縁の同姓の旗本屋敷だ。史実の長谷川邸は約600メートル南、現在の地下鉄都営

小説上の長谷川平蔵の旧邸は現在、コンビニエンスストア。江戸時代、時の鐘は道路をはさんだ向かい側にあった

新宿線菊川《きくかわ》駅付近（墨田区菊川）にあった。ここにも平蔵の住居跡を記す銘板がある。

幕府の武家用地の記録によると、長谷川家は平蔵の死後51年たった1846年、いまの文京区に引っ越し、跡地は「遠山の金さん」こと当時、南町奉行だった遠山左衛門尉景元《さえもんのじょうかげもと》の下屋敷（別宅）となった（巻頭【図3】）。

もう一つ史実を。火盗改方の役宅は、長官に任命された旗本の屋敷に置かれた。小説では江戸城の「清水門外の役宅」だが、史実では平蔵が長官だった時は「菊川駅の役宅」だった。

しかし、史実うんぬんは、やぼである。菊川から遠くない所で別人の長谷川邸を探し当て、切絵図の世界を小説に再現し物語を展開する池波正太郎のこだわりはすごい。切絵図を手に歩くとノンフィクションの感覚だ。コンビニも立派な鬼平の「史跡」なのである。

さて、菊川の役宅も入江町の「時の鐘」の区域。捜査会議、市中見回り、盗賊摘発の出動……。平蔵と配下の与力、同心は鐘を聞きながら激務をこなしていたのは間違いない。

◆「時の鐘」と江戸の時計

十思《じっし》公園（中央区日本橋小伝馬町《こでんまちょう》）内に1711年鋳造の「石町《こくちょう》時の鐘」が保存されている。日本橋近くの本石町（現・日本橋本町）にあった時の鐘を移築した。上野公園内には寛永寺《かんえいじ》にあった時の鐘（1787年鋳造）も残されている。江戸時代の機械時計などを集めた「大名時計博物館」（台東区谷中2－1－27）もお勧めだ。西洋の時計に手を加えて、明け六つ、暮れ六つの日本の時刻を示すように改良した、時計職人の技に驚く。

㊂ 半グレ旗本が跋扈　武士のニュータウン

【本所・桜屋敷（墨田区横川1）】

■ 本所はなぜ碁盤の目？

墨田区に本所という町名があるが、江戸時代の本所は大雑把に言えば、墨田区の南半分ほどの広い地域だった。江戸の本所は、歩くと視覚的に体感できる。街と道路が碁盤の目状に整然としているのが特徴だ。

本所はもともと低湿地だった。江戸の3分の2を焼き尽くした明暦《めいれき》の大火（1657年）後、旗本や御家人の転居地、大名家の下屋敷候補地として開拓された。土地を碁盤の目状に区画し、武家屋敷を分譲住宅のように配置したニュータウン。いま

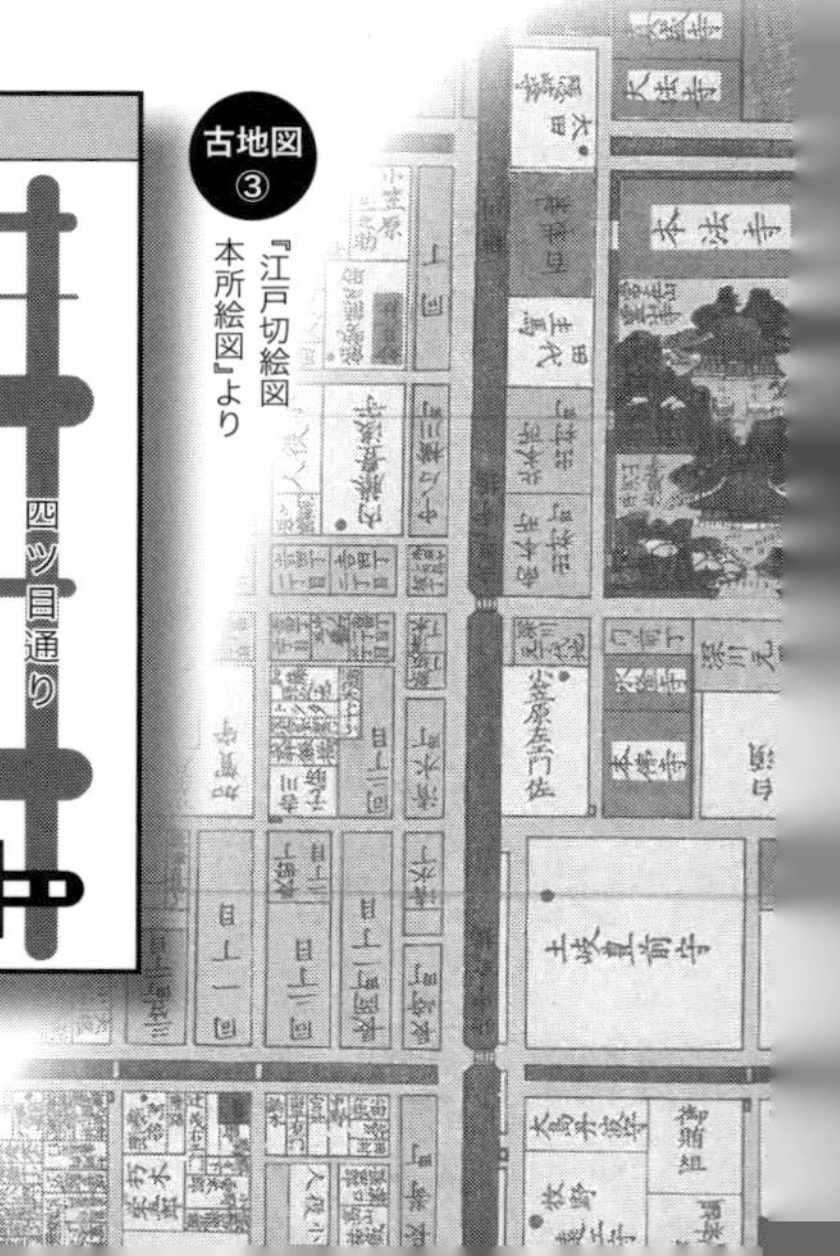

古地図③

『江戸切絵図　本所絵図』より

の町並みはその名残である。

長谷川平蔵は19歳の時に築地鉄砲洲《てっぽうず》(中央区湊)から本所菊川町(都営新宿線菊川駅付近)に引っ越し、1795年に50歳で病没するまで暮らした。若き平蔵の行状について、平蔵の死後に書かれた『京兆府尹記事《けいちょうふいんきじ》』に記述がある。現代語訳で。

「遊里に出入りし、悪い仲間と遊び、父親が蓄えた財産を使い果たした。『本所の銕《てつ》』と呼ばれ、名の通った遊び人だった」

家督相続前の平蔵の名前は「銕三郎」。「本所の銕」とは勇ましい。小説にもこのあだ名は引き継がれている。古参の密偵・相模の彦十の回顧談が「本所の銕」をよく表している。

〝あのころの長谷川さまときたら、火の玉のように威勢がよくて、土地の悪どもがちぢみあがっていたものなあ。博奕《ばくち》は強いし、酒の飲みっぷりなんてもなあ惚れ惚れしたもんだ。一升かるくあけて、こう脇差しを落し差しにしてよう。彦十ついて来い!!……なんてね〟

(第6巻第4話「狐火」)。

■ 不良旗本、ゆすりたかりの実態

とんでもない旗本が多かったのは事実のようだ。明治時代の新聞記者、篠田鉱造《こうぞう》が本所の古老の証言を集めた『幕末明治女百話』には、〝本所は悪旗本が多うござんして、手がつけられません〟との書き出しで不良旗本の実態が描かれている。料理屋でメダカの刺し身と蛇の吸い物を注文し「できない」と言われれば難癖をつけてタダ飯を食わせたり、カネを脅し取ったりする。商家の奉公人が道に水をまいていると、わざと近寄って袴に水がかかるようにして、主人に法外な洗濯代をゆする。

幕府の資料を編集した『徳川十五代記』(新人物往来社)第5巻によると、幕府は1788年、こんなお触れを出している。

「博奕はご法度であるにもかかわらず近年、武家屋敷でも行われていると聞く。油断なく家来の素行を改めさせるように」

武家屋敷は町奉行所の管轄ではなく、目付《めつけ》という武家監察官の管轄だが、おいそれと踏み込めず一種の治外法権のようになっていた。物資保管、火災の際の避難先、庭園を配した別荘などの用途で使われた大名家の下屋敷は出入りする藩士が少なく、監視が行き届かず屋敷を警備する中間(武家奉公人)が賭場を開いていたという。特に本所には56の大名家の下屋敷が集中し、博奕でウサを晴らす旗本や御家人は多くいた。

南割下水《みなみわりげすい》周辺には幕末、攘夷運動の資金集め名目で盗賊集団を率いた旗本、青木弥太郎の屋敷があった。8000両(現在の価値で約8億円)もの偽小判鋳造グループのアジトとなった料理屋「在吾庵《ざいごあん》」もあった。

■ 大相撲のルーツ「勧進相撲」

本所の周辺環境が影響していたのかもしれない。武家ニュータウン開発とともに隅田川に両国橋が架橋された。人の往来が活発になり、本所の対岸の広小路では仮設の芝居小屋、寄席、飲食店が並び大道芸も行われた。ヒトコブラクダなど舶来動物の見世物もあり人気を集めた。

本所側の両国橋の広小路も盛り場になり、近くの回向院《えこういん》では日本各地の神社仏閣の本尊などを展示する出開帳《でがいちょう》が頻繁に開かれた。回向院境内ではいまの大相撲のルーツである勧進相撲も開催された。本所から南へ歩けば、幕府非公認の遊里が多かった深川がある。

江戸屈指の集客力を誇る繁華街と色街に接した武家ニュータウン。勝海舟も本所で生まれ育ったが、父の小吉は役職に就けず、露天商などを営み本所の顔役になった。長谷川家はエリート旗本ではあるが、平蔵が「本所の銕」と一目置かれたのも、身分や職業を超えた開放的な土壌が背景にあったのではないだろうか。

『鬼平犯科帳』には、そんな物騒だった本所での捕物を描いた代表的な作品「本所・桜屋敷」(第1巻第2話)がある。桜屋敷とは山桜が庭に植わった名主の屋敷。若き平蔵が剣術を学んだ高杉銀平道場に近く、平蔵は名主の娘に淡い恋心を抱いていた。

小説上の桜屋敷は右手の建物あたりにあったとの設定だ

大横川親水公園を歩けば法恩寺橋をくぐることができる

20年の歳月を経て火付盗賊改方長官になった平蔵が、見回りを兼ねて青春時代の思い出の地を巡る。法恩寺《ほうおんじ》、法恩寺橋、弘前藩（青森県）津軽家下屋敷（現・津軽稲荷神社）、南割下水（現・北斎通り）と小説の描写に従って歩けば、平蔵の見回りを追体験できる。このあたりの大横川《おおよこがわ》は埋め立てられ、いまは全長1・8キロの大横川親水公園。公園を歩けば法恩寺橋をくぐり抜けられる。春に散策すれば、桜が咲き誇る区画に出る。桜屋敷はこのあたりだ。小説上の架空の屋敷であるが、現実の風景が小説をなぞっている感覚になる。

本所の名誉のために一言。俳人の小林一茶、浮世絵師の葛飾北斎、明治に入ってからは日本語の言文一致に貢献した落語家・初代三遊亭円朝《えんちょう》も本所に暮らした。日本の伝統文化を育んだ土地でもある。北斎通りを西へゆけば、江戸東京博物館、すみだ北斎美術館に行き当たる。本所は江戸を学ぶ舞台となった。

◆勧進相撲

寺院や神社が建物の維持修復費用を捻出するため、寺社奉行の許可を得て有料で見せた相撲。1684年から富岡八幡宮（江東区）が主な場所として約100年間行われ、1700年代後半から両国の回向院でも開催され、1830年代以降は回向院が興行を独占するようになった。本所の大名屋敷では力士を家臣として召し抱えたところもあった。回向院と相撲の縁が深いことから、両国に国技館が建てられた。

◆高札型の案内板「鬼平情景」

墨田区内には『鬼平犯科帳』の舞台が多く、墨田区は鬼平ゆかりの地の16カ所に高札型の案内板「鬼平情景」を設置している。本所周辺では長谷川平蔵の旧邸、桜屋敷、高杉銀平道場、軍鶏鍋屋「五鉄」といった小説上の舞台のほか法恩寺、業平橋などにも案内板がある。これらを目印に古地図を手に鬼平の世界を散策すると楽しい。

詳しくは墨田区ホームページを参照。

http://www.city.sumida.lg.jp/bunka_kanko/annnai/hankatyou.html

出村の桜屋敷

軍鶏なべ屋「五鉄」

四 兎汁に、軍鶏鍋 食欲そそる鬼平グルメ

【軍鶏鍋屋「五鉄」（墨田区緑1）】

■イノシシはなぜ「山鯨」？

雪が降り積もった夜の比丘尼橋《びくにばし》のたもとに、「山くじら」の看板を掲げた料理屋がある。二代目歌川広重の錦絵『名所江戸百景 びくにはし雪中』に描かれた江戸中心部、現在の地下鉄銀座一丁目駅近くの風景だ。

山くじら（山鯨）とはイノシシの肉。肉食がタブー視されていた江戸時代、おおっぴらにイノシシと宣伝するのがはばかられ、山鯨がキャッチコピーになった。1832年刊行の『江戸繁昌記』によれば、シカ、キツネ、ウサギ、カワウソ、オオカ

古地図④

『江戸切絵図 本所絵図』より

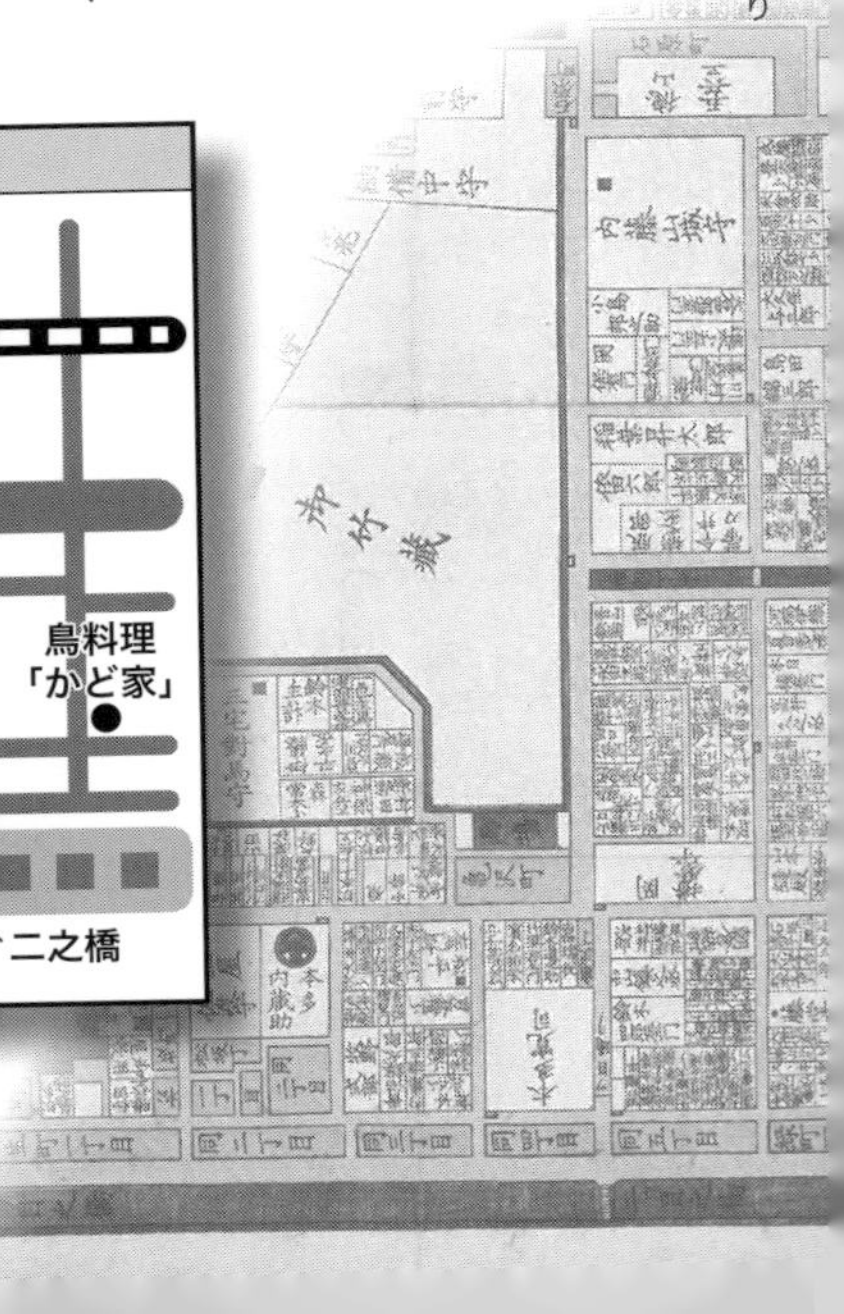

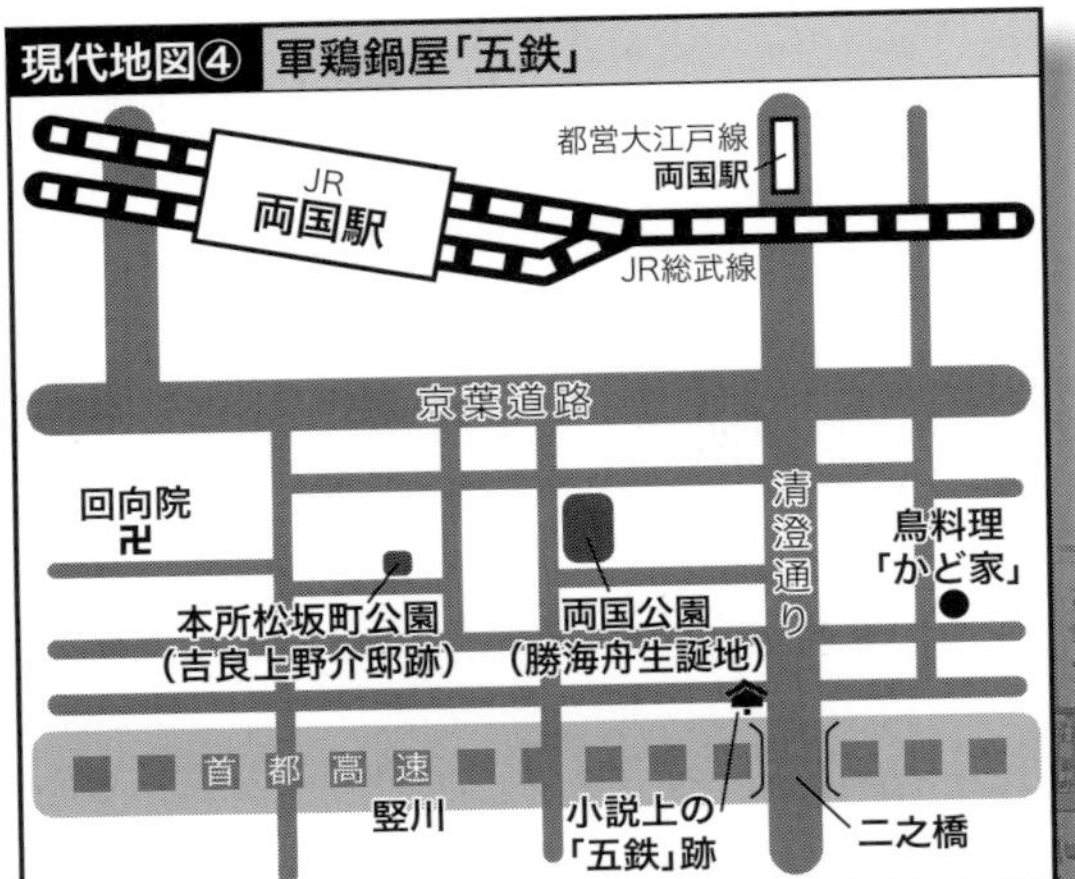

ミ、クマも食された。ネギを入れて鍋で煮るのが主な食べ方だった。
獣肉を食べることを江戸の人々は「薬食《くすりぐ》い」と言った。好んで食べるわけではない。栄養をつけて病気予防のためということだが、多分に言いわけめいている。『鬼平犯科帳』で長谷川平蔵が好きな肉料理はウサギ。冒頭の比丘尼橋に近い料理屋「万七《まんしち》」の名物だ。

小説上の軍鶏鍋屋「五鉄」は後方の木のあたり

〝〈万七〉の名物は兎汁《うさぎじる》だが、将軍家も元旦には兎の吸物を口にするというので、数は少ないが兎の料理を好む客もいる。〈万七〉の兎は臭味《くさみ》のない野兎を使い、汁も鍋も平蔵の大好物であった〟（第16巻第6話「霜夜」）。もっとも平蔵の妻・久栄《ひさえ》は「まあ、獣の肉を、口にすることなど、おもうても恐ろしゅうございます」と眉をひそめている。

ウサギは獣ではないから食べたとの説もある。ウサギを一羽、二羽と数えるのは鳥の仲間に加えたからだという。ちなみに江戸でもっとも美味と評判だった鳥は鶴で高級食材だった。

■あの軍鶏鍋を食べに

小説には季節の料理、酒肴がふんだんに登場するが、有名なのは「五鉄《ごてつ》」の軍鶏鍋《しゃもなべ》だろう。五鉄では火付盗賊改方の捜査会議も頻繁に開かれ、鬼平軍団のアジトと化している。不良だった若き平蔵が亭主を脅して無銭飲食を重ねた店でもある。後に平蔵は踏み倒した飲食代に詫び料をはずんで返済している。墨田区・竪川《たてかわ》の二之橋の角地に五鉄があるとの設定だ。

江戸後期の百科事典『守貞謾稿《もりさだまんこう》』は、文化年間(1804〜18年)以降に流行した鳥肉食として、京都と大阪では「かしわと云う鶏」、江戸では「しゃもと云う闘鶏」を、それぞれネギ鍋で煮て売っている、と記している。江戸では軍鶏鍋は人気だったようだ。

〝つぎに、軍鶏の臓物の鍋が出た。新鮮な臓物を、初夏のころから出回る新牛蒡《ごぼう》のササガキといっしょに、出汁《だしじる》で煮ながら食べる。熱いのを、ふうふういいながら汗をぬぐいぬぐい食べるのは、夏の快味であった〃(第8巻第3話「明神の次郎吉」)。

小説の描写に食欲がそそられる。夏の日、二之橋に近い鳥料理屋「かど家」を訪れた。幕末の1862年創業。池波正太郎もたびたび訪れた老舗だ。店内の間取りは五鉄のモデルになったとも言われている。

初代が尾張（愛知県）出身で、創業当時から八丁味噌仕立ての軍鶏鍋。6代目の女将、馬場英美さんは「池波先生がいらした頃は先代の母がお世話をしていたので、どんなお話をしたのか聞いていませんが、池波先生がお気に入りだった部屋はいまも鬼平ファンのお客に人気です」と語る。

さて鍋である。軍鶏肉はやや硬く歯ごたえがあるため、いまは鳥取県・大山の地鶏と軍鶏を掛け合わせた鳥肉を出す。レバーとハツ、砂肝を一緒に煮込むと濃厚な香りが立ち上った。なるほど夏の軍鶏鍋も快味である。

幕末創業の鳥料理「かど家」

池波正太郎がお気に入りだった「かど家」の部屋

◆かど家

墨田区緑1-6-13　■電話：03-3631-5007　■営業：月～金 17時30分～21時（閉店22時）／土 ～21時（閉店21時30分 ※要予約）　■定休日：日、祝（GW、盆時期、年末年始）

五 名産品も生んだ エリート同心たちの副業

【四谷の組屋敷（新宿区四谷坂町）】

■防衛と治安維持の最前線

靖国通りをはさんで防衛省の向かい側に、新宿区四谷坂町の住宅街がある。入り組んだ路地は江戸時代のまま。古地図を頼りに歩いても道に迷わない、不思議な空間だ。文字通り坂道の多い四谷坂町には、幕府常備軍の先手組の与力、同心が住んでいた組屋敷（官舎）が並んでいた。

史実の長谷川平蔵は当時34組あった先手組の弓二番組頭。1787～95年、火付盗賊改方長官を兼務し、弓二番組（長谷川組）の与力、同心計40人は火盗改方の職務に専念した。長谷川組の組屋敷は

江戸後期の地図にもとづき、四谷にあった先手組の組屋敷を配置した

古地図⑤ 『江戸切絵図 四ツ谷絵図』より

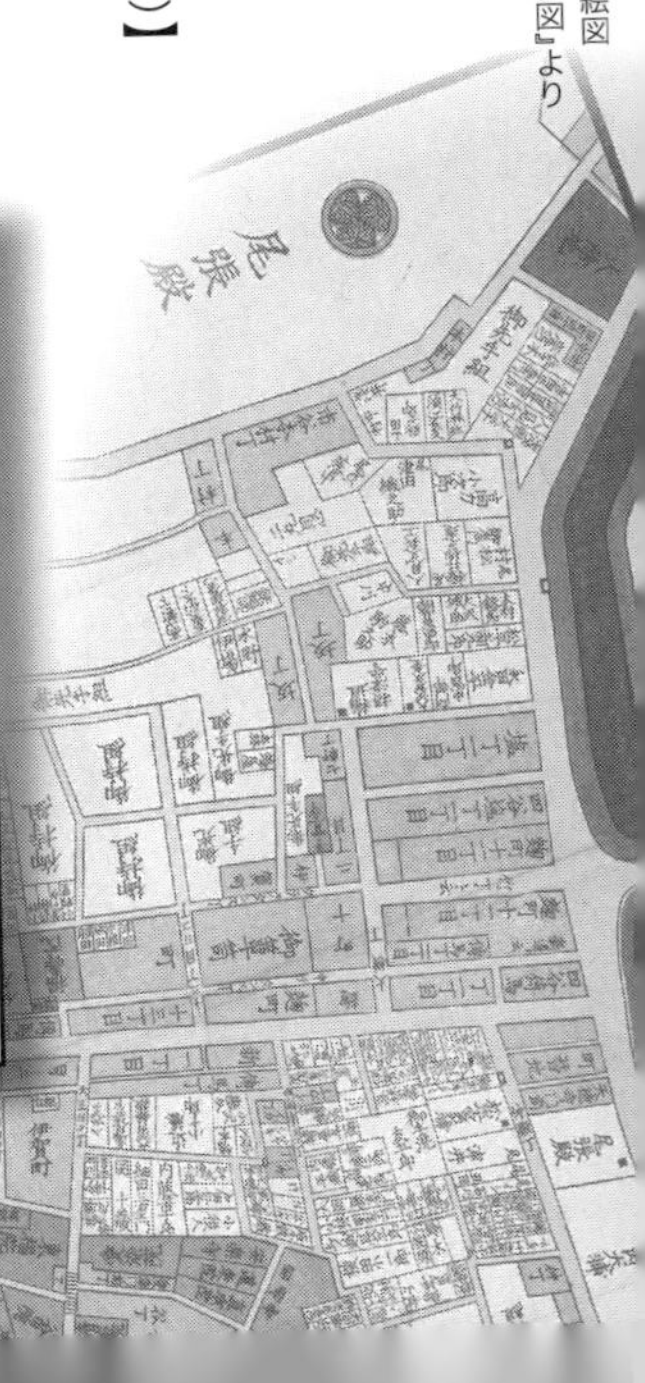

目白台（文京区）にあったが、小説では四谷坂町にあったとの設定だ。

先手組34組のうち、四谷と近隣の市ケ谷、牛込に半分近い16組の組屋敷が集中していた。幕府は江戸城に敵が攻め入った場合の危機管理として、徳川将軍を甲州街道から甲府城に避難させるルートを想定していた。先手組は戦場では先鋒を務め、平時は江戸城の警備、将軍の警護、治安維持が任務。いざという時のために、幕府は甲州街道に近いエリアに組屋敷を重点配置した。

新宿区四谷坂町の桝箕（ますみ）児童公園内にある桝箕稲荷神社の鳥居。道の両側に先手組の組屋敷が並んでいた

現在の千代田区と新宿区をまたぐ四谷見附橋《みつけばし》には江戸時代、四谷見附と呼ばれた城門があり、往来を厳重に警備。さらに四谷見附から江戸城半蔵《はんぞう》門《もん》までの一帯に番方と呼ばれた武官の旗本屋敷が密集していた。千代田区の一番町《ばんちょう》から六番町までである「番町」は番方に由来している。

ちなみに防衛省は尾張徳川家上屋敷の跡地。明治になって軍用地となり、第二次大戦の終戦まで陸軍省、大本営陸軍部があった。尾張徳川家跡地には警視庁第5機動隊もある。四谷と周辺は、昔もいまも防衛と治安維持の最前線なのである。

■ 同心の懐事情

四谷に住む与力、同心は精鋭部隊であるが、下士官の同心の生活は厳しかった。武士の給料はコメの現物支給で、それを換金して生計を立てた。同心の給料は30俵2人扶持《ぶち》が標準だった。物価基準を何にするかで異なるが、現在の価値では年収150万円前後といったところか。給料のベースアップはない。

一方で新田開発が進み、コメの生産量は徐々に増えていったから飢饉など非常時を除き、コメの値段は安定もしくは下がっていった。商品経済の発展でコメ以外の物価は上がり、実質給与は目減りする一方だった。『鬼平犯科帳』にも生活苦の同心が描かれている。

〝薄給の御先手同心で祖父の代からの借金を背負い込み、家をついだばかりの十蔵が苦労のしつづけで、夜業《よなべ》の凧《たこ》張りや提灯《ちょうちん》張りを、十蔵の手つだいに父までが病床からはい出してやったものだ。縁談は、先手組与力の岡嶋四郎兵衛の口ききであったが、花嫁は百両の持参金つきでやって来た。ときにお磯は二十二歳。よほどにもらい手がなかったらしい〟(第1巻第1話「唖の十蔵」)。

同心の小野十蔵《じゅうぞう》は、茶問屋の娘を持参金付きで妻に迎え借金を返済した。江戸後期のルポルタージュ『世事《せじ》見聞録』によると、傘張り、提灯張りなど妻子ともども内職にいそしみ、甚だしきは町家に押し込み強盗を働く幕臣もいたとか。裕福な町人の子供を持参金付きで養子に迎える武家もあった。特に先手組では町人の財力を当て込む養子縁組が多くなった。同心の場合、持参金の相場は200両、1両10万円として2000万円ほどだったという。

御家人の内職も盛んで、スズムシなどの昆虫の繁殖、金魚の養殖、草花栽培など多岐にわたった。内職から名産品も生まれた。新宿区百人町《ひゃくにんちょう》の由来になった鉄砲組百人隊の御家人が組屋敷の庭でツツジを栽培して展示即売会を開き、江戸の名所となった。いまも毎年、「大久保つつじ祭り」が開催されている。天下太平の江戸時代。精鋭部隊は職人集団でもあった。

◆長谷川平蔵の年収

長谷川家は家禄400石だが、先手組頭を務めている間の給与は1500石(四公六民の制度で実質手取りは600石)。兼務の火付盗賊改方長官の役職手当を含めると、現在の価値に換算して年収約6700万円となった。ここから捜査費用を工面し、さらに旗本として十数人の家来を常時雇用しなければならなかった。火付盗賊改方長官は持ち出しの多い役職と言われ、多額の借金をした長官も少なくなかった。

六 茶屋の娘は〝会いに行けるアイドル〟

【谷中・いろは茶屋（台東区谷中6・7）】

■ いまも人気の江戸時代の茶屋街

JR日暮里《にっぽり》駅南口から坂道を上ると天王寺の山門があり、眼前に谷中《やなか》霊園が広がる。この周辺はどこを歩いても寺院に巡り合う。関東大震災、戦災の被害をあまり受けておらず、古民家も多い。古い情緒が色濃く残る寺町は外国人観光客にも人気だ。

江戸時代も谷中は人気スポットだった。天王寺（旧・感応寺《かんのうじ》）境内ではいまの宝くじのルーツ「富くじ」が頻繁に行われた。「いろは茶屋」と呼ばれた岡場所（幕府非公認の遊里）もあった。『鬼平犯科帳』第

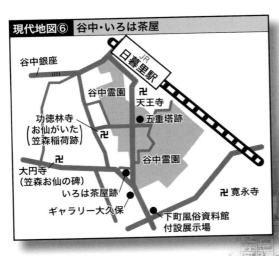

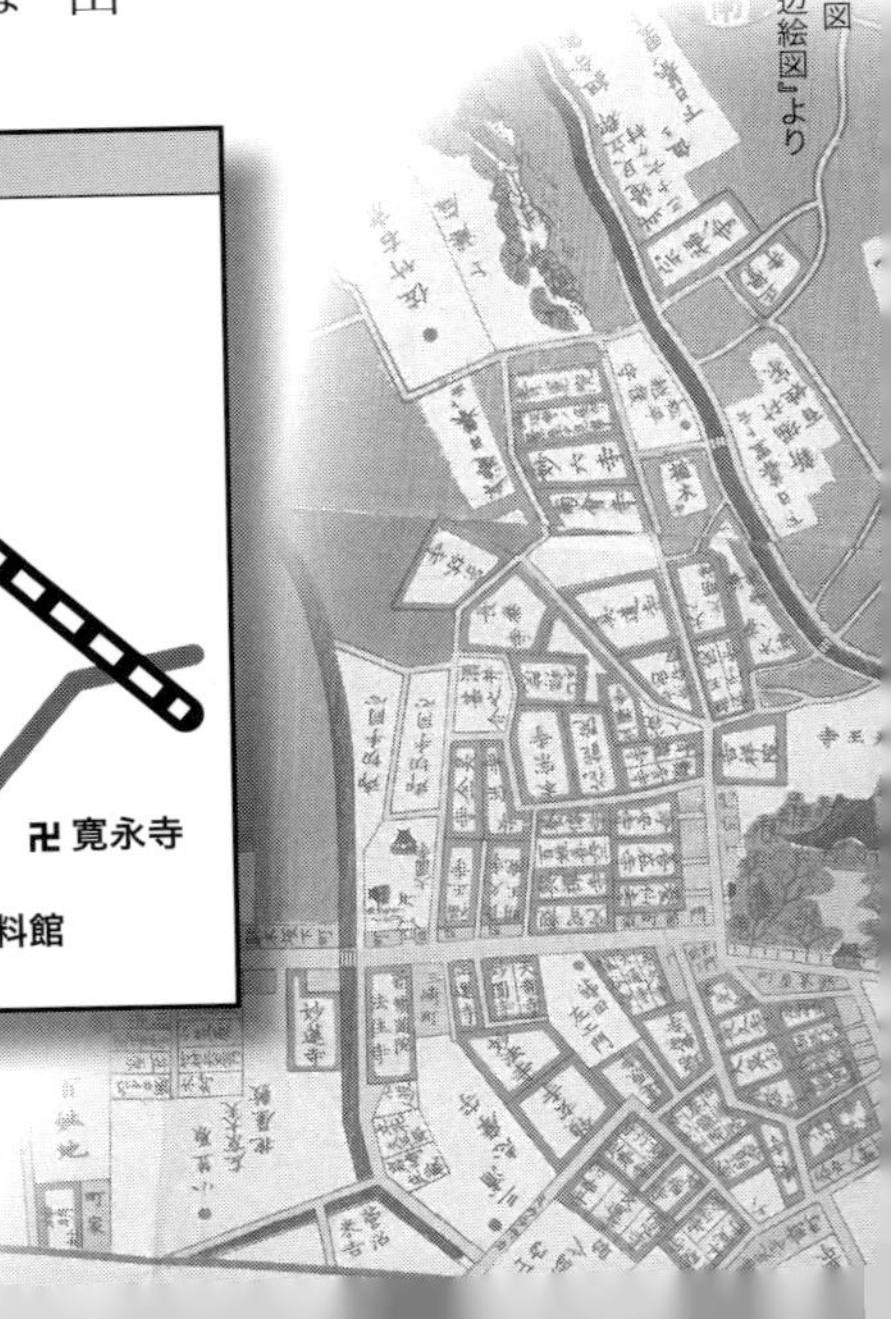

古地図⑥ 『江戸切絵図 根岸谷中辺絵図』より

2巻第2話はズバリ「谷中・いろは茶屋」。火付盗賊改方の同心・木村忠吾《ちゅうご》が見回り担当地区の谷中に出向いては「御役目なんてどうでもいい」と惚れた娘会いたさに、いろは茶屋に入り浸る。

いろは茶屋は、天王寺が幕府の命令で日蓮宗から天台宗に改宗したため、檀家が減少し、収入を上げるため寺の門前に茶屋を開きたいと1703年、寺社奉行に願い出て誕生した。名前の由来については、47軒の茶屋街ができたので、いろは四十七文字にちなんだとか、京都にあった「いろは茶屋」の造りに似せたからとか、諸説ある。当初は参詣客に茶を出していたが、やがて色町になった。その雰囲気を小説はこう描いている。

いろは茶屋は現在の谷中霊園入り口付近にあった

〝深い木立と寺々の甍《いらか》に埋もれた土地の遊所だけに、「一度、いろは茶屋へ足をふみこんだら、足がぬける前に腰がぬけてしまう」〟

その境地に陥った忠吾はある夜、我慢できずに無断で火盗改方の役宅を抜け出し、湯島《ゆしま》、不忍池《しのばずのいけ》、根津《ねづ》を抜けて谷中へ向かう。いろは茶屋の近くまで来た時、忠吾は暗闇の路上で異変に気づき、怪しい男を尾行して張り込む。盗賊を一網打尽にする端緒をつかみ、初手柄を立て長谷川平蔵から金3両のほうびを差し出されるのだが、本人は恐縮するばかり。馴染みの女を抱きたくなって遊里に向かう途中だったことを平蔵に告白すると、平蔵はこう語るのである。

〝「人間というやつ、遊びながらはたらく生きものさ。善事をおこないつつ、知らぬうちに悪事をやってのける。悪事をはたらきつつ、知らず識らず善事をたのしむ。これが人間だわさ」〟

■ 生臭坊主を大量検挙

これに似た平蔵のセリフは他の作品でも随所に登場する。人の世は善と悪で単純に色分けできるものではないことが、鬼平犯科帳の底流にある。翻っていまは地球規模で不寛容な時代だ。国家、宗教、民族、価値観が相互にいがみ合っている。善と悪のレッテル貼りをしている。どこもかしこも極端な声が幅を利かせている。平蔵のセリフは現代を生きる羅針盤のようにも思えてくる。

いろは茶屋の話に戻ろう。当時の川柳に「武士はいや　町人好かぬ　いろは茶屋」というのがある。僧侶もお得意さんだった。僧侶は女性と関係を持つことを禁じられていたが、寺町にある岡場所の誘惑に抗しきれなかったようだ。もっとも袈裟姿でははばかれる。江戸には坊主頭の町医者も多く、羽織を着て医者に扮して岡場所に通ったとか。1796年8月、町奉行所はいろは茶屋など主な岡場所を一斉摘発し、七十数人の僧侶を検挙した。日

江戸時代から谷中茶屋町で営業していた酒店「吉田屋」の店舗は、下町風俗資料館付設展示場(台東区上野桜木2-10-6)に移設、保存されている

本橋たもとにあった晒し場に3日間、全員を晒し者にした。

■風紀を乱す、美人すぎる看板娘

いろは茶屋の女性たちが嫉妬した美女が谷中にいた。時は1768年ごろ。天王寺に近い笠森《かさもり》稲荷境内の茶屋「鍵屋」で働く18歳の「お仙《せん》」が浮世絵師・鈴木春信《はるのぶ》の美人画のモデルになって大ブレーク。浮世絵の美人画はいまで言えばブロマイド。売れに売れた。参詣は二の次、お仙見たさの男たちで谷中は大にぎわい。「笠森お仙」と呼ばれた。

御家人で文人として有名な大田南畝《なんぽ》(1749~1823年)によると「客は茶の味も分からず、ぼうぜんとお仙に見とれている」

状況だった。「水茶屋の 娘の顔で くだす腹」との川柳もあるから、お仙とお近づきになるため何杯もお茶を注文して腹をこわした客もいたのだろう。

当時のアイドルといえば吉原の花魁《おいらん》が相場だったが、庶民には高根の花。お仙は茶店に行けばリアルに会えたことも人気に拍車をかけた。お仙は素人でアイドルになった第一人者。お茶代は当世のＡＫＢ48の握手券のようなものだ。お仙人形などのキャラクターグッズも販売され、お仙を題材にした狂言や芝居も登場した。お仙人気にあやかって、江戸のあちこちで看板娘を置く茶屋が増え、ご当地アイドルを競った。いつの世もアイドル人気は変わらない。

幕府は後に、看板娘ブームが世の風紀を乱すと懸念し、茶屋で働ける女性の年齢制限を設け、10代半ばから40歳までの女性を茶屋で雇い入れることを禁じ、茶屋アイドルは姿を消した。いろは茶屋も１８４０年代の「天保の改革」の風紀取り締まりですべて取り壊された。明治以降は谷中茶屋町となったが、現在は谷中６丁目と7丁目になっている。

谷中６丁目に１９１３年創業の「大久保美術」がある。茶道具を中心に古美術品を扱う。4代目の大久保満さんは２０１５年3月、２階に茶室とカフェスペースを開いた。「谷中に観光客が増え、古民家を再利用した喫茶店が次々と登場した。看板娘はいないが、うちの売りは骨董品の茶器と食器で飲食できること」。谷中と茶屋はいまも縁が深い。

◆笠森お仙

笠森お仙は人気絶頂だった20歳の頃、笠森稲荷の土地を所有し、江戸城に勤務する幕臣と結婚して、看板娘を引退した。江戸時代、谷中の笠森稲荷は福泉院と大円寺両境内の2カ所あり、お仙は福泉院の茶店にいた。明治初年に福泉院が廃寺になり、大円寺に笠森お仙の碑が建てられた。福泉院跡に建てられた功徳林寺《くどくりんじ》にも笠森稲荷が再建されている。

◆ギャラリー大久保

大久保美術の2階に設けられ、茶室「瑜伽庵《ゆかあん》」とティールームがある。茶室では骨董の茶碗、茶道具で抹茶を堪能できる。ティールームではコーヒー、紅茶のほかキーマカレーなどランチメニューも。■住所：台東区谷中6-2-40　■電話：03-5834-2119　■営業：茶室　11時～17時／ティールーム　11時～18時　■定休日：月、火（祝日の場合は営業）

七 妻よりは妾の多し 門涼み

【別荘地・根岸の里(台東区根岸)】

■江戸のウグイスはなまる?!

元禄年間(1688〜1704年)、京都から届けられた何千羽ものウグイスが上野・寛永寺から放たれた。寛永寺の歴代貫首《かんじゅ》(住職)は宮様。京の都を懐かしむ貫首が「鳴き声になまりがある」と江戸のウグイスを嫌ったためだ。以来、京言葉のウグイスがさえずるようになった。JRの駅名となった「鶯谷《うぐいすだに》」の由来である。

鶯谷駅のホームを挟んで寛永寺の反対側は台東区根岸。江戸時代は田園地帯で「根岸の里」と呼ばれ、ウグイスの名所だった。商家の旦那、文人墨

現代地図⑦ 別荘地・根岸の里

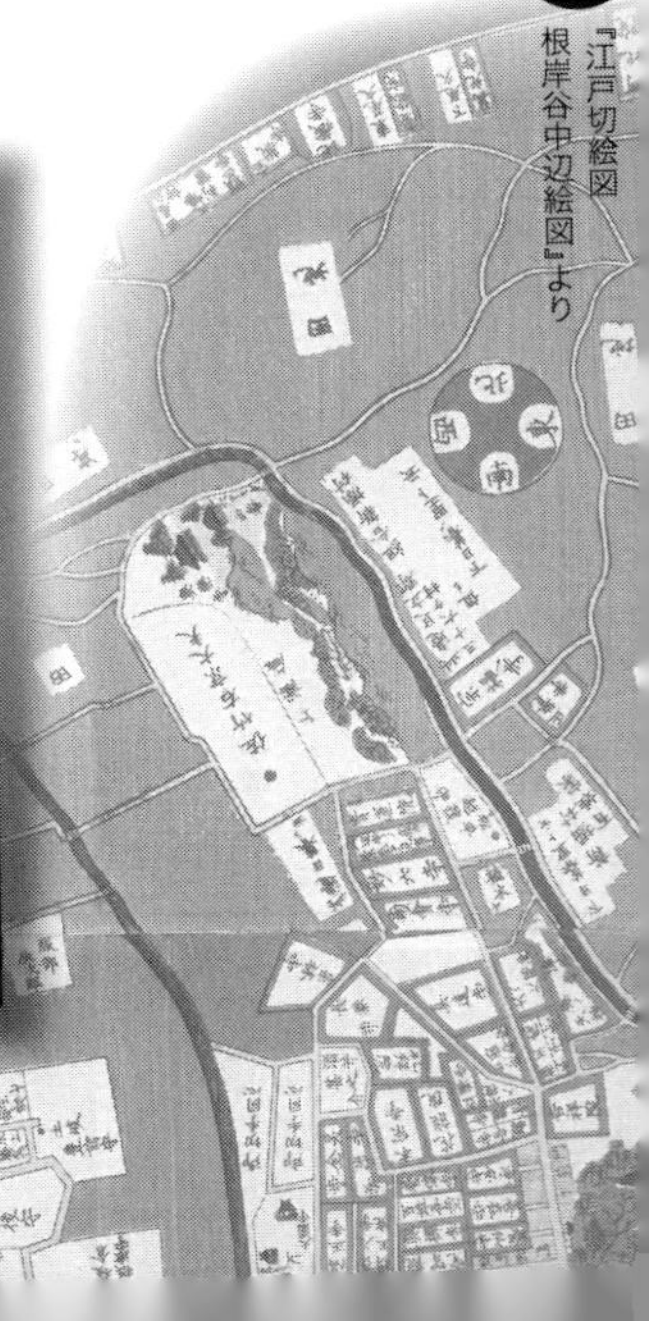

古地図⑦ 『江戸切絵図 根岸谷中辺絵図』より

客が別荘や庵《いおり》を構え、詩歌や書画、茶の湯を楽しんだ隠れ里だった。根岸に近接して日暮らしの里と呼ばれた土地も広がっていた。野趣に富む自然美に目を奪われ、日が暮れるのも忘れてしまうほど動けなくなってしまうとの意味で、日暮里の地名になった。いまや想像できないが、ＪＲ鶯谷駅から西日暮里駅にかけて別天地だった。

■ 池波正太郎が通った小学校

『鬼平犯科帳』では、根岸の別荘で悪事をたくらむ盗賊がいくつかの作品で描かれているが、スリリングなのは第15巻特別長編「雲竜剣《うんりゅうけん》」。長谷川平蔵と火付盗賊改方の与力、同心に刺客が差し向けられ、平蔵の部下が次々と暗殺される。

二十数年前、剣術の師匠だった高杉銀平から聞かされた「不思議な剣法」と、平蔵を襲った刺客の剣法が酷似していることに気づいた平蔵は、記憶の糸を懸命に手繰り寄せる。手がかりを求めて火盗改方が総動員で江戸、牛久《うしく》、藤沢と広範囲に探索を続け、ついに剣客集団の盗賊との攻防が根岸で展開される。

田園地帯に別荘が散在し、歩く人も少ない。通常の尾行や張り込みでは感づかれてしまう。情報収集のため火盗改方が密かに集結し、臨時出張所となったのが西蔵院《さいぞういん》。実在の寺院だ。明治７（１８７４）年には台東区立根岸小学校の前身・根岸学校が西蔵院の庫裏で開学した。

円光寺、西蔵院に通じる道。江戸時代は風流な「根岸の里」の一等地だった

根岸にはかつて30軒前後の料亭があった。その雰囲気を残す路地

江戸時代、西蔵院のすぐ北側を小川が流れ、夏にはホタルが舞った。西蔵院の西隣の円光寺《えんこうじ》は藤の名所だった。いまも円光寺境内には小ぶりにはなったが、藤棚がある。このあたりは「根岸の里」の一等地。池波正太郎の時代小説『剣客商売』では主人公の一人、女剣客で老中・田沼意次の娘、佐々木三冬《ささきみふゆ》が住む別荘は円光寺の南にあるとの設定だ。

池波の父は根岸でビリヤード場を経営したことがあり、池波は一時期、円光寺の近くに建てられた根岸小学校に通った。当時、根岸小の近くにはそば屋「鉄舟庵《てつしゅうあん》」があった。剣術家で明治の政治家・山岡鉄舟（1836〜88年）が常連だったことで屋号となった。

鉄舟庵で生まれ育った大久保幸子さんも根岸小で学んだ。「同級生に作家の有吉佐和子さん（故人）がいました。円光寺近くの広場が人気の遊び場。路地を歩くと洋館もあって風流な所でした」

■「根岸の寮」と呼ばれた理由

円光寺と西蔵院に通じる路地の形状は江戸時代と変わらない。明治の外相・陸奥宗光《むつむねみつ》（1844〜97年）が住んだ洋館も健在だ。正岡子規（1867〜1902年）も病没するまで8年半、根岸に暮らした。こんな子規の句がある。

「雀より 鶯多き 根岸かな」。明治になっても根岸はウグイスの名所だったようだ。もう一句。「妻よりは 妾《めかけ》の多し 門涼み」。江戸の頃、別荘に愛人を住まわせる裕福な町人も多く、こうした別荘は「根岸の寮」と言われた。子規の時代にもその名残はあったのだろう。

鶯谷駅前にはラブホテルが多いが、これは「根岸の寮」とは関係ない。戦後、遊郭の規制が厳しくなった結果、上野周辺で連れ込み宿が繁盛し、鶯谷駅前までその波が押し寄せてきたのが、現在のラブホテル街だ。鶯谷駅から言問通《ことといどお》りを渡り路地を散策すると、レトロな風景に出合える。

◆日暮らしの里の名残

ＪＲ西日暮里駅を見下ろす台地に西日暮里公園と諏訪神社がある。このあたりは道灌山《どうかんやま》と呼ばれ、江戸時代は虫聴きの名所だった。秋の虫の音を聴きながら酒で一献するグループ、虫かごを持った子供を連れて歩く母親が『江戸名所図会』に描かれている。西日暮里公園には江戸の道灌山の説明板が設置されている。諏訪神社は木々の緑に包まれた広い境内が特色。8月下旬の土曜、日曜には例大祭が行われ、露店が多く並ぶ。

八 江戸のセクショナリズム!? 火盗改方v.s町奉行所

【八丁堀の組屋敷(中央区八丁堀)】

古地図⑧

『江戸切絵図 築地八町堀日本橋南絵図』より

■ 史実の若き平蔵が暮らした地

東京メトロ日比谷線八丁堀《はっちょうぼり》駅A2出口のすぐ左側に桜川公園がある。かつて江戸湾に流れていた八丁堀を埋め立てた跡地の一部。縦長の公園の形状に堀の痕跡をとどめている。八丁堀は寛永年間(1624〜43年)、物資輸送の水路として掘削された運河で、長さが八町(約880メートル)あったので八丁堀と名付けられた。

八丁堀界隈の散策に参考となるコースが『鬼平犯科帳』に描写されている。

〝池田又四郎は、京橋川に沿った道を何処までも

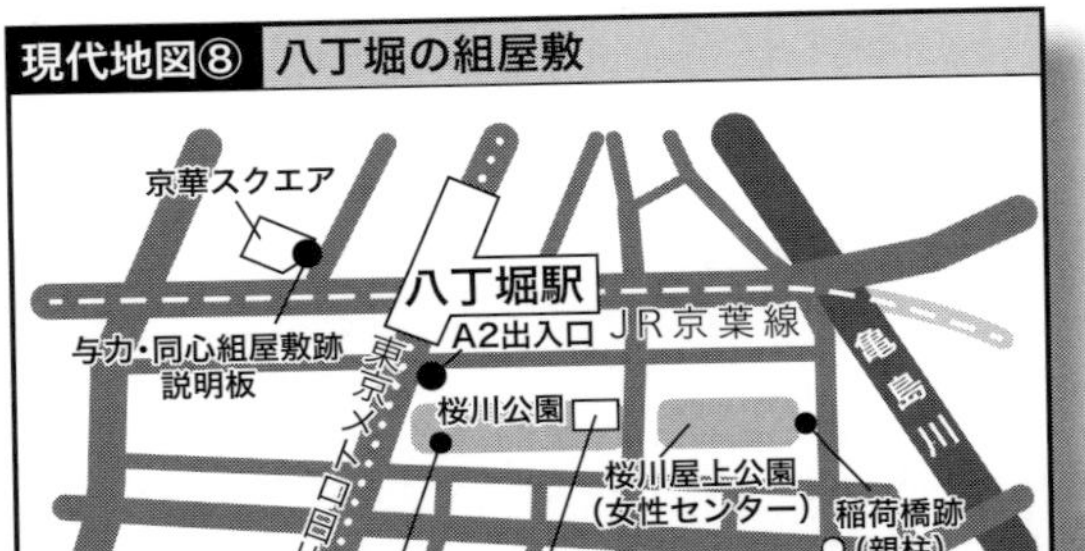

東へすすむ。その京橋川が江戸湾にながれ入ろうとする手前に、稲荷橋が架かっている。橋をわたった右手に、湊稲荷の社がある。(中略)平蔵は、稲荷橋の一つ手前の中ノ橋の欄干にもたれ、笠の内から又四郎を凝視している。彼方の川口にも、江戸湾にも大小の商船が群れをなしてい、その向うに、佃島《つくだじま》が濃い夕闇の中に浮かんで見えた。〟(第16巻第6話「霜夜」)

長谷川平蔵が、若い頃に通っていた剣術道場「高杉銀平道場」の後輩、池田又四郎を八丁堀近くの料理屋で二十数年ぶりに見かけ、声をかけようとしたが、様子がおかしいので尾行したシーンである。小説では京橋川となっているが、京橋川とつながっていた八丁堀のことである。稲荷橋、中ノ橋が架かっていた。

江戸当時の中ノ橋は桜川公園のジャングルジムなど子供用遊具が置かれているあたり。平蔵の尾行シーンはいまならさしずめ、ジャングルジムの影から公園内の不審者を監視する刑事という構図だろうか。

ジャングルジム(中ノ橋跡)から東の稲荷橋方向を見やっても、江戸湾も佃島も見えない。中央区立女性センターの建物が立ちはだかる。実は桜川公園はこの女性センターの屋上に続いている。その名も「桜川屋上公園」。屋上公園に上がりまっすぐ進むと階段がある。下に降りると、稲荷橋の親柱が残されている。この近くに湊稲荷(現・鉄砲洲稲荷神社)があったが、明治元年に約150メートル南(中央区湊1－6－7)に移転した。鉄砲洲稲荷神社の南東側にある鉄砲洲児童公園周辺には、史実の長谷川平蔵が5歳から19歳まで暮らした長谷川家の屋敷があった。

■ 警察業務は人手不足

八丁堀と言えば、「八丁堀の旦那」と呼ばれた町奉行所の与力、同心の組屋敷があった。複合施設「京華《きょうか》スクエア」（中央区八丁堀3－17－9）前の路上に、組屋敷跡の説明板が建っている。北町、南町両奉行所合わせて与力は50人、同心は280人。計330人が江戸の行政、警察、司法、消防の業務に携わった。推定人口約100万人の江戸の治安を守る警察業務を担当するのはわずか24人の同心。いまの東京の人口は1373万人、警視庁警察官は4万3140人で、人口比で見ても江戸の警察官は極端に少ない。

江戸庶民の間でささやかれた「八丁堀の七不思議」なるものがある。「女湯の刀掛け」。八丁堀の銭湯には女湯の脱衣所に刀掛けがあった。朝の男湯は混雑しているが、女湯はガラガラ。同心たちは女湯でゆったりと朝風呂の習慣があった。役得である。こういうのもある。「金で首が継げる」。賄賂で犯罪をお目こぼししてもらえるとの意味のようだ。

町奉行所の与力、同心は町人や武家屋敷から頼まれごとが多く、付け届けも相当にあった。特に各藩の江戸藩邸では、藩士が往来で何かしでかしても穏便に済ませて藩の名誉を

八丁堀を埋め立てた跡は桜川公園になっている。右奥の子供用遊具のあたりに中ノ橋が架けられていた

町奉行所の与力、同心の組屋敷があった地区。京華スクエアの前に組屋敷跡の説明板がある

守るため、与力や同心と親交を深めていた。歌舞伎の芝居では、役者の舞台衣装が華美でないかどうかを楽屋でチェックしたが、見回りに来た同心は家族全員分の芝居のチケットを贈られ、お目こぼしということもあった。江戸最大の遊郭・吉原をパトロールする同心は会席料理をごちそうになり、八丁堀まで舟で送ってもらった。

■ 格下だが優秀な火付盗賊改方

同心の給与はいまの貨幣価値では150万円前後。しかし、こうした役得で別途100万円ほどの臨時収入があった。テレビ時代劇『必殺仕事人』の中村主水《もんど》のように復讐請負人といった血なまぐさいアルバイトをしなくても懐具合は良かった。一方、火付盗賊改方にはそんな役得はなかった。

〝火付盗賊改方は、奉行所という司法、警察制度の外にあり、自由自在に活動することをゆるされた〔特別警察〕

ともいえる。ゆえに、ともすれば、めんどうな手つづきにしばられている町奉行所よりも迅速に犯人を捕え得ることが多い。まして、長谷川平蔵が盗賊改方・長官に就任して以来、水ぎわだった活躍ぶりに町奉行所は、「遅れをとるばかり……」となった。（中略）町奉行所も〈鬼の平蔵〉への不快をつのらせるばかりなのだ。〟（第9巻第7話「狐雨」）

町奉行所と張り合って手柄をたてる火盗改方の奮闘には、いい思いをしている町奉行所への感情的反感が背景にあったのかもしれない。

旗本らの評判、素行を記した『よしの冊子』にこんな記述（現代語訳）がある。「いまでは長谷川平蔵が（格上の）町奉行のようで、町奉行が（格下の）火付盗賊改のような存在となり、町奉行は大いにへこんでいる。何もかも長谷川に先を越され、町奉行はこれではかなわないと降参している。町奉行も最近は、いろいろと長谷川にお伺いを立てているそうだ」

史実でも平蔵率いる火盗改方は、町奉行所の鼻を明かしていた。

◆江戸の治安制度

江戸の行政・治安システムは町奉行を頂点に2系統あった。一つは町奉行所の与力、同心によるシステム。もう一つは町人によるシステムだ。江戸には1850年当時、約1680の町があり、自身番と呼ばれる番所が994カ所あった。町人が交代で詰めて町を警備。不審者情報を収集し、軽犯罪者は町人自らが捕らえ番所に勾留した。治安の民間委託も江戸の特徴だった。

⑨ いまは卵、江戸の物価の優等生は？

【枕橋「さなだや」（墨田区向島1）】

■ 庶民の味

大名の参勤交代のお供として江戸に滞在した各藩の武士を勤番《きんばん》侍と言う。1年ほどの滞在の間、彼らが江戸見物に出かけてよく食べたのが、そばである。1860年当時、江戸にそば屋は3763軒あったとの記録があるほど、そばは江戸の代表食だった。単身赴任の勤番侍の場合、そば湯を何杯も飲んで水分補給し、茶代を節約しながら江戸の観光スポットを歩いたという事情もあった。

『鬼平犯科帳』にもっとも多く登場する食べ物屋もそば屋である。

現代地図⑨ 枕橋「さなだや」

古地図⑨

『江戸切絵図 隅田川向島絵図』より

〝本所・源兵衛橋《げんべえばし》（後の枕橋）の北詰にある〈さなだや〉という店の蕎麦《そば》を食べたのは、その日が初めての長谷川平蔵であった〟

そんな書き出しではじまるのが、第2巻第1話「蛇の眼」。枕橋（墨田区向島1）は1660年代に掘削された北十間川《きたじっけんがわ》が隅田川に流れ込む所に架けられた橋で、橋の北側が隅田公園（水戸藩徳川家下屋敷跡）、南側が墨田区役所（福井藩松平家下屋敷跡）。間近に東京スカイツリーがそびえる。

長谷川平蔵が「さなだや」で注文したのは、貝柱のかき揚げを浮かせた天ぷらそば。一口食べて「うまい！」と平蔵をうならせた。もっとも、支払いを済ませて店を出ていった先客の男を「怪しいやつ」と不審に思い、平らげることなく店を出ていった。

■ そば屋の品書き

江戸後期の1837年から約30年かけて編集された江戸風俗の百科事典『守貞漫稿』によると、天ぷらそばは芝海老のかき揚げだった。いまの私たちがなじみの車海老の天ぷらそばは平蔵の時代にはなかったようだ。値段は32文（約640円）。バカガイの貝柱を種物にしたのは「あられそば」。そばの上に散らした貝柱をあられが降ったように見立てたもので、24文（約480円）。焼いた海苔をもんで花弁のように添えた「花まきそば」も24文。カマボコ、

東武スカイツリーラインの高架の右側が枕橋。高架下の「茶や」の軒行灯がある店（閉業）のあたりに「さなだや」があったとの設定だ

玉子焼きなどをのせた「しっぽくそば」は天ぷらそばと同じ32文だった。

ちなみに、かけそばは1740年ごろから約120年間、ほぼ16文(約320円)のまま。物価の優等生だった。幕府がそばの料金に規制をかけていたからである。諸物価が上がるとそば屋のもうけは少なくなる。かけそばに天ぷらなど種ものを加えることで、利幅を大きくした。鴨南蛮、卵をとじた「とじそば」など、現代のそばの定番メニューは江戸で誕生している。

■上方の酒

枕橋を歩いた。あたりまえだが、「さなだや」はない。江戸そばが食べたくて荒川区南千住《みなみせんじゅ》の「砂場総本家」へ向かった。都電荒川線・三ノ輪橋停留場から歩いてすぐのところにある。ルーツは大坂城築城当時の1582年。砂や資材の置き場近くで開店したので「砂場」が屋号になった。その後、江戸に店を構え1912年に麹町《こうじまち》から南千住に移転。江戸から続く最古参そば屋の一軒だ。

「江戸時代は上方(伏見、伊丹、灘)の酒が最高級で、そば屋では上方の高級酒を出していました。肴は板わさ、焼き海苔、天ちらし(天ぷら)などそばの種物。種物以外の肴はありません。そばと酒肴の味とこだわりは変わっていません」

14代目店主の長岡孝嗣さんが説明をしてくれた。『守貞漫稿』にもそば屋の酒は1合40文(約800円)で高価だと記している。砂場総本家では八代将軍・吉宗の御膳酒に採用され、江戸で人気のあった兵庫・灘の「剣菱《けんびし》」(江戸当時は伊丹で醸造していた)を提供している。

『鬼平犯科帳』第8巻第6話「あきらめきれずに」で平蔵が堪能した大根おろしを添えた辛めの冷たいそばを注文した。小説の描写通り、酒にほてった口中に辛味大根の快味がしみわたる。

◆そば屋「○○庵」の由来

『鬼平犯科帳』で最多登場のそば屋は深川・熊井町(江東区永代《えいたい》)の「翁庵《おきなあん》」で、7作品に登場する。現在も「庵」の付いた屋号が多いが、由来は江戸の浅草にあった寺院・称《しょう》往院《おういん》の子院「道光庵《どうこうあん》」。ここの庵主は信州出身でそば打ちが上手で、檀家にそばを振る舞っていた。やがて評判になって1750年前後には江戸そばの名所となった。そば屋顔負けの盛況ぶりにあやかって、「庵」が付く屋号のそば屋が増えた。ちなみに道光庵はあまりに客が多くなり、称往院の住職が「これでは寺なのか、そば屋なのかわからない」と怒り、「境内でそばを許さず」と道光庵にそばを禁じた。

◆「二八そば」とは?

現在では、そば粉8の割合に対してつなぎの小麦粉2の配合で作られたそばの意味で使われているが、江戸時代の意味は違っていたようだ。「二八そば」が文献に登場したのは江戸中期の1720年代。「上等でないそば」の意味合いで使われていた。そこでそば粉2、小麦粉8の割合だったのではないかとの説がある。一方、そばは幕府の物価統制の対象で長い間、一杯16文だったため、「2×8=16」の語呂合わせで「二八そば」になったとの説も有力だ。ただ、「二八そば」が初めて文献に登場した1720年代は一杯8文前後だった。実のところ、語源ははっきりわかっていない。

◆砂場総本家

アーケード商店街「ジョイフル三ノ輪」の一角にある。現在の店舗は昭和20年代の建築で店内も昭和レトロ感たっぷり。天ざるそばが人気。11月~3月に出す「合鴨南蛮」は絶品だ。お勧めは、大きな桶に入った「そばがき」。湯の中でそば粉をこねた、モチモチの食感が特色で一人では食べきれない。うどん、丼ものもある。■住所:荒川区南千住1-27-6　■電話:03-3891-5408　■営業:10時30分~20時　■定休日:木

一〇 はやる気持ち、吉原へ急いだ水上タクシー

【山谷堀・今戸橋（台東区浅草7）】

■ 火盗改方の出張所

高度成長期の１９６８年、後にフォークの神様と言われた岡林信康《のぶやす》さんが「山谷ブルース」でデビューした。簡易宿泊所に住む日雇い労働者の心情を歌ったものだ。一昔前の山谷のイメージである。

江戸時代、隅田川に通じる山谷堀は人気スポットだった。快速の猪牙《ちょき》舟が行き交った。水上タクシーのような存在で、山谷堀の今戸橋はそのターミナルとしてにぎわった。

江戸風俗の百科事典『守貞漫稿』は、猪牙舟の運賃が神田川の柳橋から山谷堀まで１４８文（約２９

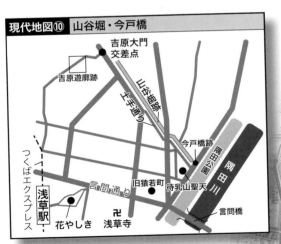

古地図⑩ 『江戸切絵図 今戸箕輪浅草絵図』より

６０円）と記している。山谷堀行きが基本料金だ。猪牙舟は今戸橋を過ぎたあたりに建ち並んでいた船宿の桟橋に客を運ぶ。客はそこから土手道の日本堤を徒歩もしくはかごに乗って幕府公認の遊郭・吉原に向かった。吉原通い専用の舟。はやる気持ちを抑えられないから、速い舟を利用したのだろう。

隅田川から猪牙舟が入ってきた山谷堀の今戸橋は親柱だけが残る。山谷堀は公園に生まれ変わっている

『鬼平犯科帳』では長谷川平蔵も時折、今戸橋を訪れている。市中見回りの途中、今戸橋近くの船宿「嶋や」に立ち寄り、好物の「脂の乗ったハゼをしょうゆと酒で辛めに煮つけたもの」を食べるためだ。浅草界隈で事件があると、平蔵は「嶋や」で捜査会議を開き、火盗改方の出張所として使っている。

■ 15万円のお茶漬け

山谷堀の船宿は最盛期に50軒前後。高級料理茶屋も並んでいた。中でも有名だったのが「八百善《やおぜん》」。茶漬けの注文を受けると、良質な水でお茶を入れようと奥多摩の清流の水を汲みに行かせた、という逸話がある。水の運搬費用を含めてこのお茶漬け、1両2分(約15万円)もしたらしい。冬にも夏野菜が出せるようにと、温暖な伊豆沖の新島でウリやナスなどの栽培を依託し、わずか3センチの白魚は、メスは苦みがあるからとオスだけ選ばせて仕入れた。米国の黒船が来航した時は、ペリー提督らをもてなす饗応料理を担当した。

山谷堀には「堀の芸者」と呼ばれた芸妓もいた。今戸橋に隣接して小高い丘にある寺院、待乳山聖天《まっちやましょうでん》からは筑波山を望むことができた。1830年代のスケッチ集『江戸名所図会』、歌川広重の『名所江戸百景』は、山谷堀を風情たっぷりに描いている。

しかし山谷堀は戦後、水質悪化が著しく1975年までに埋め立てられ、全長約700メートルの山谷堀公園になっている。今戸橋も撤去され、親柱だけが残る。

■ 江戸の一大芝居町

今戸橋の南西約300メートルは猿若町《さるわかちょう》(現・浅草6)。古地図には中村座、市村座、河原崎座が記されている。1840年代の「天保の改革」の娯楽取り締まりで、日本橋周辺にあった歌舞伎の芝居小屋が郊外だったこの地に強制移転させられた。いまは普通の町並みだが、芝居小屋跡の碑がある。

吉原ももとは日本橋人形町付近にあったが、1657年の「明暦の大火」で吉原が焼失し

浄閑寺には新吉原総霊塔がある

たのを機に浅草・千束村《せんぞくむら》の田んぼの中に移転した。これ以降、新吉原とも言われた。

江戸で1日に1000両(約1億円)が動いたと言われたのが、魚市場(日本橋)と歌舞伎、吉原。浅草寺参詣、芝居観劇、遊里の「お大尽遊び」……。山谷堀界隈は江戸のワンダーランドのような趣だったのだろう。

山谷堀跡をずっと歩くと浄閑寺《じょうかんじ》がある。吉原で亡くなった遊女が葬られた寺だ。安政の大地震(1855年)では大勢の遊女が投げ込まれるように埋葬されたので「投げ込み寺」と言われた。山谷堀は光と影の歴史でもある。

◆池波正太郎の生誕地

池波正太郎は1923年1月、待乳山聖天に近い浅草聖天町《しょうでんちょう》(現・浅草7)で生まれた。同年9月の関東大震災で自宅が焼失し、引っ越したが、隅田川と待乳山聖天は「心のふるさとのようなものだ」と『東京の情景』(朝日新聞出版)に書いている。山谷堀は『鬼平犯科帳』の17作品に登場している。待乳山聖天の参道の階段下には、池波の「生誕の地」の碑が建てられている。

二 「江戸の華」どころではない大火災と仮設住宅

【目黒・行人坂（目黒区下目黒1）】

■広域な被害の「行人坂の大火」

事件のない平穏な日の朝。火付盗賊改方長官・長谷川平蔵はふと目黒不動（瀧泉寺《りゅうせんじ》）参詣を思い立った。目黒名物のタケノコ飯を食べようと思い描きながら……。『鬼平犯科帳』第18巻第1話「俄か雨」はのどかな描写で物語がはじまる。

現在のJR目黒駅西口近くの行人坂《ぎょうにんざか》が参詣ルートの起点。江戸時代、ここから目黒不動まで茶店、料理屋、土産物屋が並んでいた。行人坂は約150メートル。勾配のきつさは相当のものだ。東京で一、二を争う急坂ではなかろうか。小説で

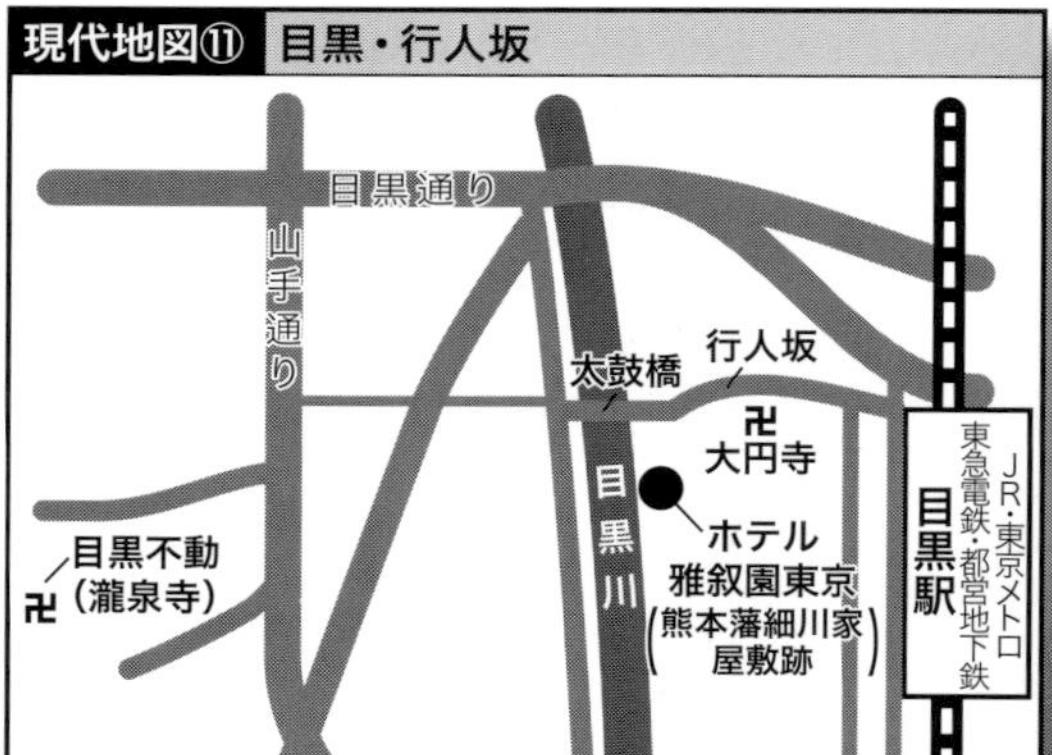

古地図⑪ 『江戸切絵図 目黒白金辺図』より

は、平蔵は妻の久栄から「年寄りじみて……およしあそばせ」と言われながらも、亡父・長谷川宣雄の愛用のつえを手にしてこの坂を歩いた。

小説では触れられていないが、史実の長谷川宣雄と行人坂は深い因縁がある。

1772年2月29日午後1時過ぎ、行人坂沿いの大円寺《だいえんじ》から出火。火は強風にあおられ、麻布、神田、日比谷、日本橋、駒込、田端、千住にまで広がった。死者1万4700人、行方不明者4060人。「目黒行人坂の大火」と呼ばれ、明暦の大火(1657年)、文化の大火(1806年)とともに「江戸の三大大火」の一つになっている。

行人坂沿いの大円寺。大火後、幕府は約70年間、再建を許さなかった

■ 平蔵の父

この時、火盗改方長官だったのが平蔵の父・宣雄。約2カ月におよぶ捜査の結果、不良の願人《がんにん》坊主を盗み目的の放火の疑いで逮捕した。当時の史料によれば逮捕の端緒はこうだ。立派な袈裟を着ているのに足袋をはかず、かかとにあかぎれのある僧侶が町を歩いてい

た。袈裟は盗んだものに違いない、怪しいとにらんだ。身辺捜査を続けると、過去に放火殺人など悪事を重ね、逃亡中だったことも判明した。

宣雄はこの手柄で同年10月、京都西町奉行に抜てきされた。将来は旗本の最高ポストである江戸の町奉行と目されていたが、翌73年6月、京都在任中に55歳で急死した。当時、平蔵は28歳。平蔵は火盗改方と京都西町奉行所で、父から捜査、裁判、交渉などの実務を学び、それが後の平蔵の活躍につながる。

〝どこがどう「気に入らぬ」のか……強いて言えば平蔵の勘が〈あやしい奴〉と見たまでである〟（第2巻第1話「蛇の目」）。平蔵の勘働きも、父親譲りなのかもしれない。

■ 赤穂浪士はなぜ火消装束？

それにしても、江戸は火事が多かった。徳川幕府265年間で直線距離にして15町（約1・6キロ）以上を焼く大火は90回前後あった。江戸の土地の70％が武家屋敷、14％が寺社

大円寺の境内には大火の犠牲者を供養する石仏群がある

用地で残り16％に50万人を超す町人が住んでいた。人口過密の住宅地。火の手が上がると手がつけられず、武家屋敷にも飛び火した。

武家屋敷も消防隊を組織していたが、火消しの名人と言われた大名がいた。播州赤穂藩主の浅野家。三代目の浅野内匠頭長矩《たくみのかみながのり》は忠臣蔵で有名だが、江戸庶民は火災が起きても、浅野の殿様が出動すると聞いただけで「もう大丈夫だ」と安心したらしい。初代の浅野長直《ながなお》以来、赤穂藩の江戸藩邸で消防訓練は欠かさなかった。火事場では殿様自ら火の粉を浴びて、「後に続け」と炎が迫る建物の屋根に飛び乗り、屋根を潰して延焼を食い止めた。尻込みする家来がいると手討ちしかねないほどの形相だったとか。忠臣蔵では大石内蔵助《くらのすけ》ら四十七士は武家消防隊の制服、火消装束で討ち入りに出発するが、浅野家消防隊の意気込みが伝わる。火消装束だと徒党を組んで歩いていても、火の用心の見回りだと思われて見過ごされるという利点もあった。実際、吉良邸に討ち入る際、赤穂浪士は「火事だ！」と叫んで突入し、吉良邸に消火活動で入ったと周囲に誤認させることに成功した。

行人坂の大火後、幕府は被災者の住居と食事を提供する施設「御救小屋《おすくいごや》」を9カ所に建設した。現在の仮設住宅のルーツである。

行人坂を下ると目黒川に架かる太鼓橋がある。江戸時代は石造りのアーチ型の橋だった。ここから眺める夕日は美しかったそうだ。

◆江戸の消防制度

江戸には大名が消火活動を指揮する大名火消、旗本が担当する定火消《じょうびけし》、町人による町火消があった。町火消は隅田川を境に西側に48組、東側の本所、深川に16組あった。長谷川平蔵が活躍した18世紀後半には町火消は1万人を超えた。当時の消火活動は延焼を防ぐため建物を取り壊す「破壊消防」が中心だったので、町火消ではとび職人が消防士を務めた。消防博物館(新宿区四谷3－10)では武家消防隊の衣装、消防用具をはじめ江戸時代から現代にいたる消防の移り変わりを学ぶことができる。

太鼓橋

（三）職業訓練で社会への復帰を促して

【石川島の人足寄場（中央区佃1）】

■戸籍がない者たち

隅田川河口に高層マンションが建ち並ぶ。ウオーターフロントの人工都市「大川端リバーシティ21」。1989年から2000年にかけて8棟が完成した。住所地は東京都中央区佃。かつては石川島と呼ばれた島だった。明治以降に埋め立てが続き、もはや島ではなくなった。

マンション群の一角の遊歩道に古風な灯台のモニュメントがある。この地に「人足寄場」があったことをしのばせる記念碑だ。

〝このところ、平蔵は多忙をきわめている。火付

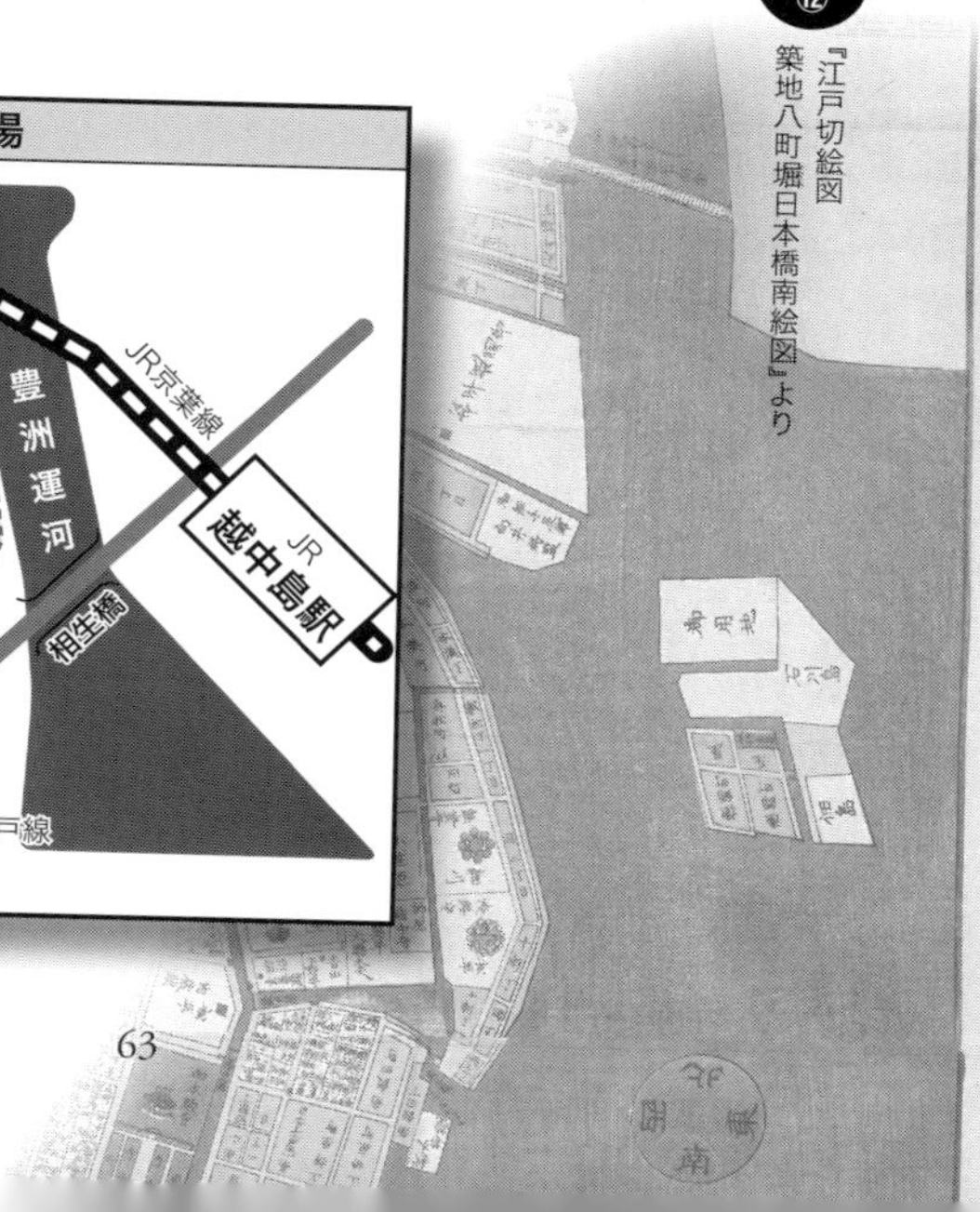

古地図⑫
『江戸切絵図 築地八町堀日本橋南絵図』より

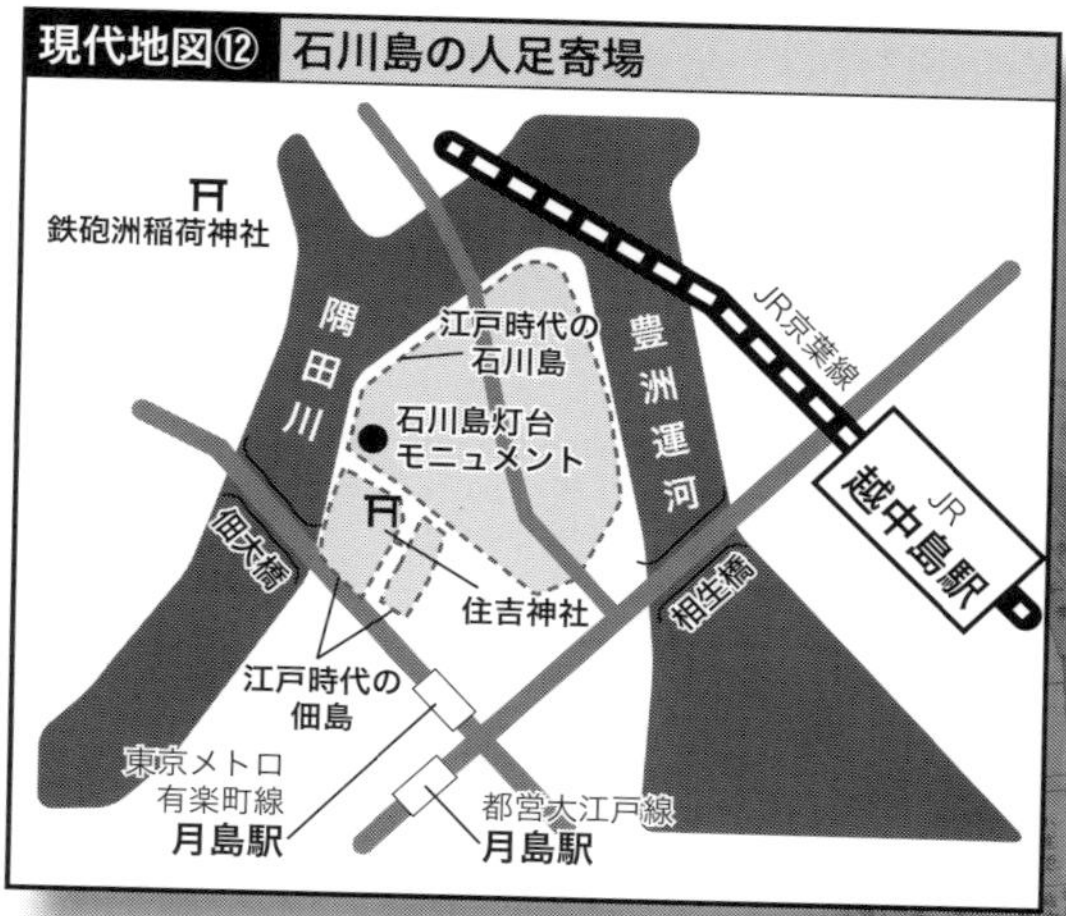

盗賊改方と〈兼任〉で、石川島にもうけられた人足寄場《にんそくよせば》の〈取扱〉をすることになったからである。人足寄場は無宿者《むしゅくもの》、つまり、浮浪の徒の授産場といってもよい施設であって、「天明のころからの飢饉つづきで、諸国から江戸へ群れあつまる無宿者たちが跡を絶たぬ。（中略）これらの窮民は乞食となり、あるいはまた無頼の徒と化し、盗賊に転落する者も少なくない」と、これは平蔵みずから〈盗賊追捕〉の役目についてみて、つくづくとわかったことなのだ〟（第1巻第8話「むかしの女」）

長谷川平蔵が活躍した1780年代、幕府は江戸に流入する無宿人対策に頭を痛めた。無宿人とは人別帳《にんべつちょう》と言われた戸籍から除籍された者のことだ。親族から不行跡《ふぎょうせき》を理由に勘当されたり、軽犯罪で追放刑になったりして除籍される。また、商品経済が地方農村にも浸透して貧富の差が広がり、生活に困窮する者が多くなる。真面目に農作業なんてやっていられない、江戸へ行けばなんとかなるだろう、漠然とした都会への憧れもあっただろう。彼らは大都市・江戸を目指した。しかし、戸籍がなく身元保証人もいないため、まともな仕事にありつけない。博奕、盗み……裏社会で生きていくしかなかった。

■ 手に職が人を変える

火付盗賊改方が摘発した窃盗、強盗犯は無宿人が圧倒的に多かった。捕らえて処罰しても犯罪は減らない。無宿人を更生させて仕事を与え、社会復帰させるのが治安改善の近道ではないか。長谷川平蔵はそう考えて老中首座・松平定信に人足寄場建設を提案し、1790年に開所した。平蔵は建設と運営の陣頭指揮に立ったのである。

大工、建具など職業経験のある者は特技を生かした仕事をさせ、そうでない者にはわら細工、草履づくり、米搗《つ》き、炭団《たどん》づくりに従事させた。女性は裁縫、機織りなどの作業をしたが、原則として寄場では収容者が望む職業訓練を行った。土木作業の請負、寄場で作った製品の販売で収入を確保。収入から経費を差し引いて賃金を渡したが、賃金の三分の一を強制的に貯金させ、3年ほどで出所する際に当座の生活費として支給した。

寄場からヒット商品が生まれた。紙すきである。平蔵が幕府の役所などから不要な書類を大量にもらい、すき直して再生紙として販売した。一般の紙よりも安い「島紙」というブランドで評判になった。行灯《あんどん》の菜種油もよく売れた。油は高騰したり品薄になったりすると騒動が起きるため、幕府は米価とともに油価に神経をつかった。寄場の油を市中の油よりも安価にした。幕末の頃には年間10万樽を生産し、寄場の主力製品になった。血のにじむような苦労をすることを「油を絞る」と言うが、これは寄場での油絞りが重労働だったために生まれた言葉らしい。

油絞りの利益で幕末に「寄場灯台」が建てられた。隅田川河口と江戸湾を航行する船の安全を守ってきたが、その後取り壊され、冒頭に書いたモニュメントとして復活した。

■ 府中刑務所に名残

平蔵は人足寄場開所時の1790年から2年間、火盗改方長官と人足寄場取扱(責任者)を兼務。道徳講話を聞かせて生活指導も行い、収容者の社会復帰にあたって職人となる者に道具を与え、店を構える者には資金援助をした。

犯罪を犯していなくても無宿人というだけで摘発し人足寄場に収容するのは、一種の予防拘禁で現代から見れば人権無視ではあるが、寄場ができる前はもっとひどかった。無宿人は佐渡島へ送られ、金鉱山の坑道から湧き出る地下水を排水する「水替人足《みずかえにんそく》」に強制的に従事させられた。極めて過酷な労働現場。佐渡島へ送られると二度と帰って来られないと言われ、無期重労働刑と同じようなものだった。

無宿人の更生と社会復帰を目的にした点で、人足寄場は画期的な施設だった。開所時の収容者は約130人。後に無宿人だけでなく追放刑などの刑罰を受けた者も寄場に送られるようになり、収容者は500〜600人に増えた。「今は無宿人はいたって稀になった。盗賊も少なくなった」。松平定信は、江戸の出来事にも触れた自伝『宇下人言《うげのひとごと》』に人足寄場の効果をそう書いている。

人足寄場を舞台にした山本周五郎の小説『さぶ』（新潮文庫）にこんな記述がある。〝この寄場というものを作った、長谷川平蔵という人の考えだそうでしてね、寄場は牢《ろう》ではない、人足を罪人扱いしてはならない、というのが代々の役所のきまりなんだということです〟

明治以後は「石川島懲役場」と名を変えて1895年まで存続。石川島から巣鴨《すがも》を経て府中《ふちゅう》に移転した。現在の府中刑務所である。

平蔵は収容者の健康と更生を祈願して人足寄場に稲荷を勧《かん》請《じょう》し、「寄場稲荷」と名付けた。現在、府中刑務所の隣接地にも稲荷が鎮座している。同刑務所の担当者は「長谷川平蔵が建てた稲荷を引き継いでいます。平蔵の願いはいまも変わりません」と語る。平蔵は決して「鬼の平蔵」ではなかった。

高層マンションと人足寄場にあった灯台のモニュメント

◆老中に疎んじられた平蔵

人足寄場の運営で長谷川平蔵は予算の壁に苦労した。平蔵は幕府から借金して銭相場に投資。その利益を運営費に補充した。このため周囲から「私腹を肥やしている」と勘違いされた。松平定信は自伝『宇下人言』で平蔵を評価する一方で、「この人は功利をむさぼっているので、山師などと人々は（平蔵の）悪口を言っている」と記している。定信の自伝には、平蔵が大盗賊を捕らえたことも記しているが、すべて「長谷川なにがし」と表記しており、定信は平蔵を快く思っていなかったようだ。

⑬ 父しのぐ息子の出世

【雑司が谷・鬼子母神（豊島区雑司が谷3）】

古地図⑬
『江戸切絵図 音羽絵図』より

■『江戸名所図会』の駄菓子屋

ケヤキ並木の参道を覆う緑。木漏れ日が心地良い。鬼子母神《きしぼじん》の参道、境内には1830年代に刊行された『江戸名所図会』の情景が色濃く残っている。図会には境内に川口屋という「あめや」が描かれている（巻頭【図1】）。柚子飴が名物だという。川口屋の創業は1781年。いまは「上川口屋」の屋号で駄菓子屋を営む。同じ場所で236年。現存する日本最古の駄菓子屋に違いない。13代目の店主は内山雅代さん。

「名物だった柚子飴は、飴づくりの職人さんがい

現代地図⑬ 雑司が谷・鬼子母神

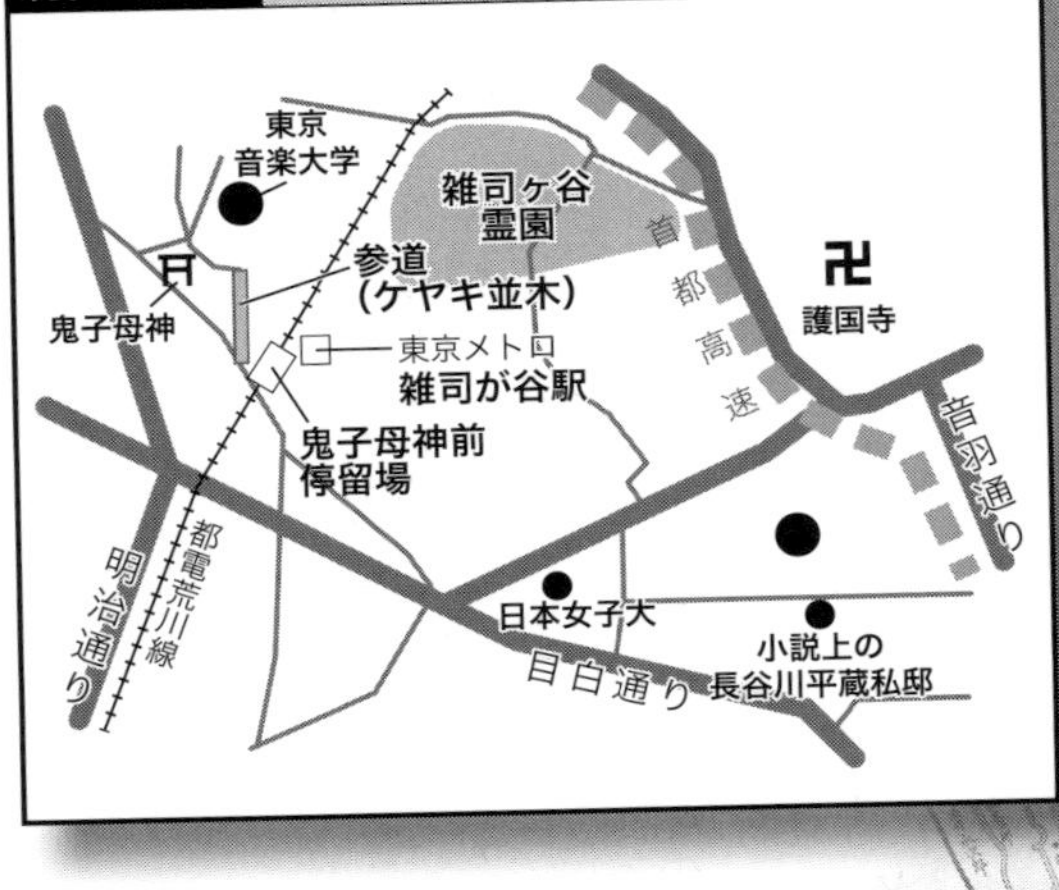

鬼子母神境内の駄菓子屋「上川口屋」

なくなってやめました。昭和30年代の頃です。それからは駄菓子専門でやっています。一度、柚子飴を作ってもらいましたが、昔の味をそのまま再現することができず、復活は断念しました。少子化で店に来る子供は少なくなったのですが、最近は台湾やタイなどアジアの観光客がわざわざ来てくれます」

鬼子母神の本堂は、加賀藩前田家の殿様が1664年に寄進して建立された。その後、参詣人が多くなったため、境内に土産物を売る店を設けよ、との殿様の指示で「川口屋」が誕生した。江戸名所図会に描かれた頃、追随して川口屋を勝手に名乗り、柚子飴や水飴を売る店が多くなっていた。それほど名物だったのだろう。紛らわしくなったので、屋号を上川口屋に変えて、オリジナル性を出したのだそうだ。

このあたりは関東大震災、空襲の被害を免れた。現在の店舗は幕末に建て替えられた当時の造りという。

店の前面に駄菓子の陳列棚があるが、店舗の内外を仔細に観察すると、陳列棚がある地面よりも店内の土間は一段低くなっている。前田家の殿様もよく境内を訪れては、柚子飴を買ったそうで、「地面を掘って土間を低くすることで、陳列棚の向こうにいる殿様にかしずいているように見せたのだそうです」。昔は店舗兼住居でここに住んでいたが、内山さんは現在、近くのマンションに住んでいる。

それにしても昔懐かしい駄菓子が勢ぞろい。スタジオジブリのアニメ映画『おもひでぽろぽろ』に登場する駄菓子屋のモデルにもなった。中国、台湾などのテレビ、情報誌でも紹介され、外国人観光客が訪れるようになった。アニメ映画の聖地巡礼の一つなのだ。

■参詣帰りに遊里で

創業当時の1781年と言えば、史実の長谷川平蔵は36歳。江戸城西の丸書院番士だった。火付盗賊改方長官在任中(1787〜95年)の平蔵は『鬼平犯科帳』でもいくつかの作品で鬼子母神に参詣している。

小説では平蔵の私邸は目白台(文京区)に設定されており、江戸城清水門外の火盗改方役宅に住む平蔵夫婦に代わって、息子の辰蔵《たつぞう》が私邸の留守を預かる。剣術はからっきしダメで音羽《おとわ》(文京区)の岡場所に通う日々。たまに平蔵が私邸に来ては尻込みする辰蔵に木刀でけいこを仕込み、鬼子母神に参るというのが平蔵の参詣パターンだ。

江戸時代、鬼子母神参詣客の中には、帰りに音羽の遊里に立ち寄る人も多かったようだ。「雑司ケ谷 帰り急げば 回るなり」という江戸の川柳がある。鬼子母神では柚子飴の他、風車、麦わら細工の土産品が有名だった。この川柳は参詣の後、音羽の遊里で遊ぼうと回り道し、はやる心を抑えきれず急ぎ足になると土産で買った風車がくるくる回る、といった情景だろうか。「風車 わるく回ると 泊りがけ」。こちらの川柳は遊里で泊まる覚悟を決めたのだろうか。

鬼子母神に通じるケヤキ並木の参道

■ 調子者で憎めない平蔵の息子

鬼子母神の参道では現在、ミミズクをかたどった麦わら細工が有名な土産品だ。

第7巻第2話「隠居金七百両」は辰蔵が主役。音羽の遊里から足が遠のいたが、茶店で働く女性にほれ込んでしまった。

〝その辰蔵が、いま、熱を上げている〔小むすめ〕というのは、屋敷からも程近い雑司ヶ谷の鬼子母神境内にある茶店〈笹や〉にはたらいている小女で、名を〈お順〉という。（中略）お順のいる茶店〈笹や〉は、鬼子母神の参道〈一ノ鳥居〉の手前の右側にあった〃

通い詰めるうちに、茶店の亭主が盗賊の一味だったという端緒をつかみ……。厳しい父・平蔵と頼りない息子のコミカルな連携を描いた作品だ。

この「笹や」という茶店、第10巻第3話「追跡」にも登場するが、店主が変わり、店名も「ひたちや」になっている。平蔵はここで熱い茶を飲み、団子を食べて勘定を済ませようと、何気なく参道を見やった瞬間、ハッとなって顔を伏せた。ある人物を見かけたからだが、この茶店は事件を呼び込んでばかりだ。

父に叱られっぱなしの辰蔵であるが、史実の辰蔵（1770〜1836年）は後の十二代将軍・徳川家慶《いえよし》に仕える小納戸頭取《こなんどとうどり》を経て平蔵と同じ先手弓組頭に昇進。一般大名と同格の「従五位下《じゅごいげ》」の官位を授けられ、官職は「山城守《やましろのかみ》」。平蔵は布衣役《ほいやく》という従六位格で、官職はなかった。父をしのぐ出世ぶりである。

旗本の出世は幕閣ら上役の受けの良さも重要だったので、処世術もたけていたのだろう。調子者で芝居気があり、それでいて手柄を挙げる小説の辰蔵は案外、実像だったかもしれない。

◆目白台の平蔵私邸

『鬼平犯科帳』では長谷川平蔵は本所から目白台に転居したとの設定だが、史実では平蔵は本所菊川町（現・都営新宿線菊川駅周辺）の屋敷で生涯を終えた。平蔵の息子、辰蔵も本所で暮らした。平蔵配下の与力、同心の組屋敷は小説では四谷坂町だが、史実では目白台にあった。

◆鬼子母神境内の店

境内には「おせんだんご」の店もある。鬼子母神に1000人の子供がいたことにあやかり、子宝に恵まれるようにと江戸時代、おせんだんごを提供する茶店があった。和菓子の老舗「羽二重団子」（荒川区東日暮里）が復活させて販売している。■鬼子母神境内　豊島区雑司ヶ谷3丁目-15　■「上川口屋」の営業時間は10時～17時。雨や雪など荒天の日は定休日　■「おせんだんご」の営業は土曜、日曜、祝日と縁日（毎月8日、18日、28日）11時～（売切れ次第終了）

一四 面倒な気遣いを避けたい迂回大名の心情

【日光御成道の玉子焼き（北区岸町1）】

■迂回行列で栄えた料理屋

明治時代、旧幕府の役人や大名に話を聞いて江戸の記録を残す文人が少なからずいた。その一人で「江戸学の祖」と言われた三田村鳶魚に広島藩最後の藩主・浅野長勲《ながこと》（1842〜1937年）が大名行列の裏話を語っている。

参勤交代があった江戸では大名行列がすれ違うことは頻繁にあり、徳川御三家の行列を前方に見つけると逃げるように脇道に迂回したという。駕籠《かご》を降りて御三家の行列に平伏するのが嫌だったからだ。浅野家は国持ち大名で徳川将軍家から

古地図⑭
『江戸切絵図 巣鴨絵図』より

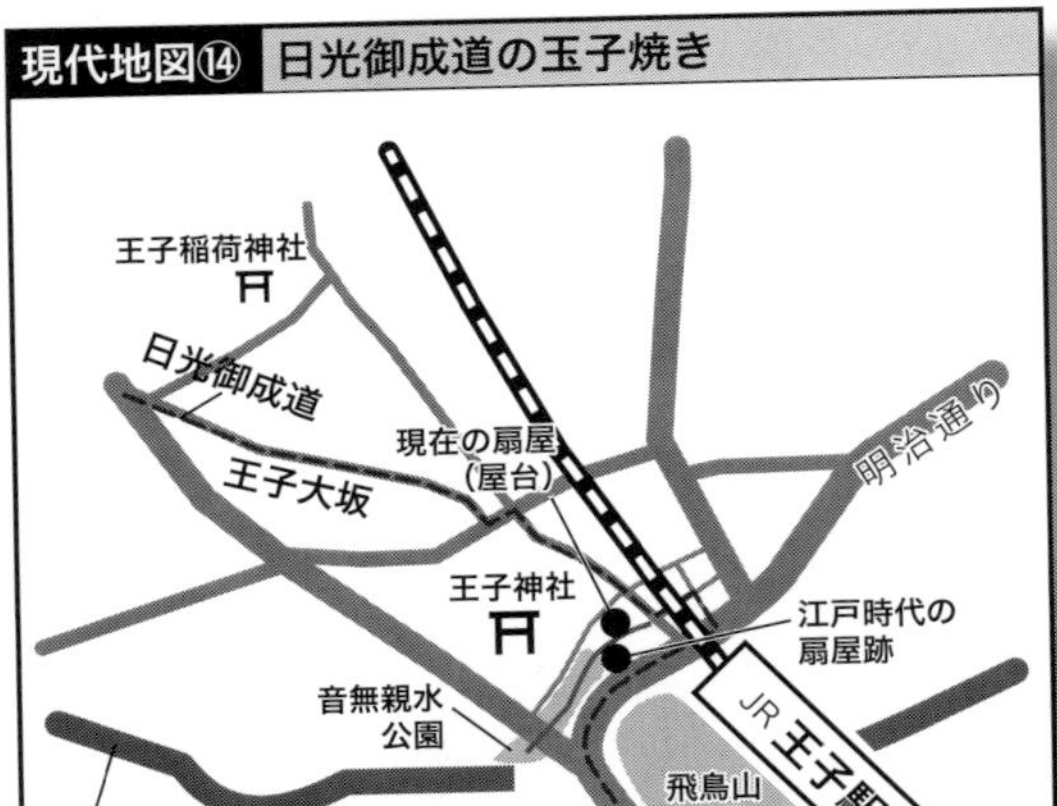

松平姓を賜っている。全国の大名家の中でも格は高い。格下の大名の場合、御三家以外の行列にも「向こうが格上だろうか？」と神経を使った。

往来で他の大名に頭を下げたり、気配りしたりするよりは、遠回りしてでも会わない方が無難。そんな心理が働いた。

王子の音無川（石神井川）のほとりにあった料理屋「扇屋《おうぎや》」が大名や旗本が利用する武家専門の店として繁盛するようになったのも、大名行列の迂回が背景にあった。「中山道を行き交う行列が板橋宿《いたばししゅく》あたりで混み合い、王子に逃げ込んだ大名が扇屋を利用しました」。そう語るのは扇屋14代目当主の早船武彦さん。王子は本郷追分《ほんごうおいわけ》（文京区）から岩淵（北区）、幸手《さって》市（埼玉県）に通じる日光街道の脇街道沿いにある。徳川将軍家が日光東照宮に参詣する際に使ったことから「日光御成道《にっこうおなりみち》」と呼ばれた。普段、大名行列が行き交うことはなく、遠回りする大名の格好の避難先だった。

■玉子焼きの名店の藩士の「食べログ」?!

〝仙右衛門が、気晴らしがてらに、月に一度ほどは参詣に行く王子権現の近くに〈山吹屋〉という料理屋がある。仙右衛門老人、参詣の帰りにはここへ立ち寄り、ゆっくりと食事をすまし、名物の〈玉子焼き〉をみやげに帰宅するのがならわしであることは、長谷川平蔵も

扇屋は現在、屋台で玉子焼きを販売している

承知している〟（第5巻第6話「山吹屋お勝《かつ》」）

「山吹屋」は架空の店だが、玉子焼きが名物なことに加えて、物語を読み進むと西側に音無川を隔てて王子権現（王子神社）があるとの描写から扇屋がモデルであることは間違いない。扇屋は1648年に開業した、よしず張りの茶屋がルーツ。玉子焼きは鶏肉入りなど工夫を凝らした。江戸の出来事を記した武江《ぶこう》年表によると、料理屋に衣替えしたのは1799年。史実の平蔵は1795年に死去しているから、実際には扇屋には足を運んでいない。

山吹屋は長谷川平蔵のいとこ、三沢仙右衛門がよく利用していたが、そこで働く女性「お勝」に仙右衛門が惚れた。どんな女性かを見定めるために平蔵が山吹屋に行き、酒を飲みながら探っているうちに女性の仕草に疑問を感じて……と平蔵は事件のにおいを嗅ぎとる。

平蔵は酒を飲んだだけだが、モデルとなった扇屋はどんな酒の肴を供していたのだろうか。1860年、江戸に単身赴任した紀州藩士の酒井伴四郎《ばんしろう》が江戸食べ歩きの日記を残していて、扇屋では酒3合を飲みながら魚の刺し身、キュウリわさび、小芋とタコの煮飯、魚のみそ汁を食べたと書いている。

扇屋は15年以上前に料亭をやめて名代の玉子焼きに専念している。大名、社用族と時代を象徴する、羽振りのいいお得意さんが姿を消したためだ。料亭の建物は商業ビルになり、その中の厨房で玉子焼きをつくり、屋台で販売している。

扇屋周辺の日光御成道は王子神社、王子稲荷神社の参道でもあったから、昔は茶屋が建ち並んでいた。小説の平蔵は見回りの途中、茶屋に立ち寄っては酒を飲んでいるが、いまもこのあたりを歩くと朝なのに飲める店が視界に入る。さすが鬼平ゆかりの地だな、と妙に感心して立ち飲みのおでん屋に入った。

◆扇屋
屋台は11時～19時まで。不定休。厚焼き玉子は1300円だが、屋台では半折を650円で販売している。やや甘くスイーツの感覚で食べられる。■住所：北区岸町1丁目1－7　新扇屋ビル1階　■電話：03－3907－2567　■営業：11時～19時　■定休日：不定休　※インターネットでの注文配送も受け付けている(http://www.ouji-ougiya.jp/)

江戸時代の音無川の渓谷を再現した音無親水公園

一五 花見でどんちゃん騒ぎのレクリエーション公園

【桜の名所・飛鳥山（北区王子1）】

■寛永寺の花見

花見客でにぎわう飛鳥山。突然、「親の敵！」と声が上がり、巡礼姿の兄弟が浪人に挑みかかった。近くにいた修行僧が仲裁に入り、経典を収める厨子から酒肴を出して見物客に振る舞うという茶番のはずだったが、敵討ちを真に受けた武士が「助太刀いたす」と割り込み大騒ぎに。

落語『花見の仇討ち』である。オリジナルは江戸後期に書かれた『花暦八笑人《はなごよみはっしょうじん》』に収録されている。

江戸時代、飛鳥山の花見では趣向を凝らした茶番が多かった。八代将軍・徳川吉宗の指示で172

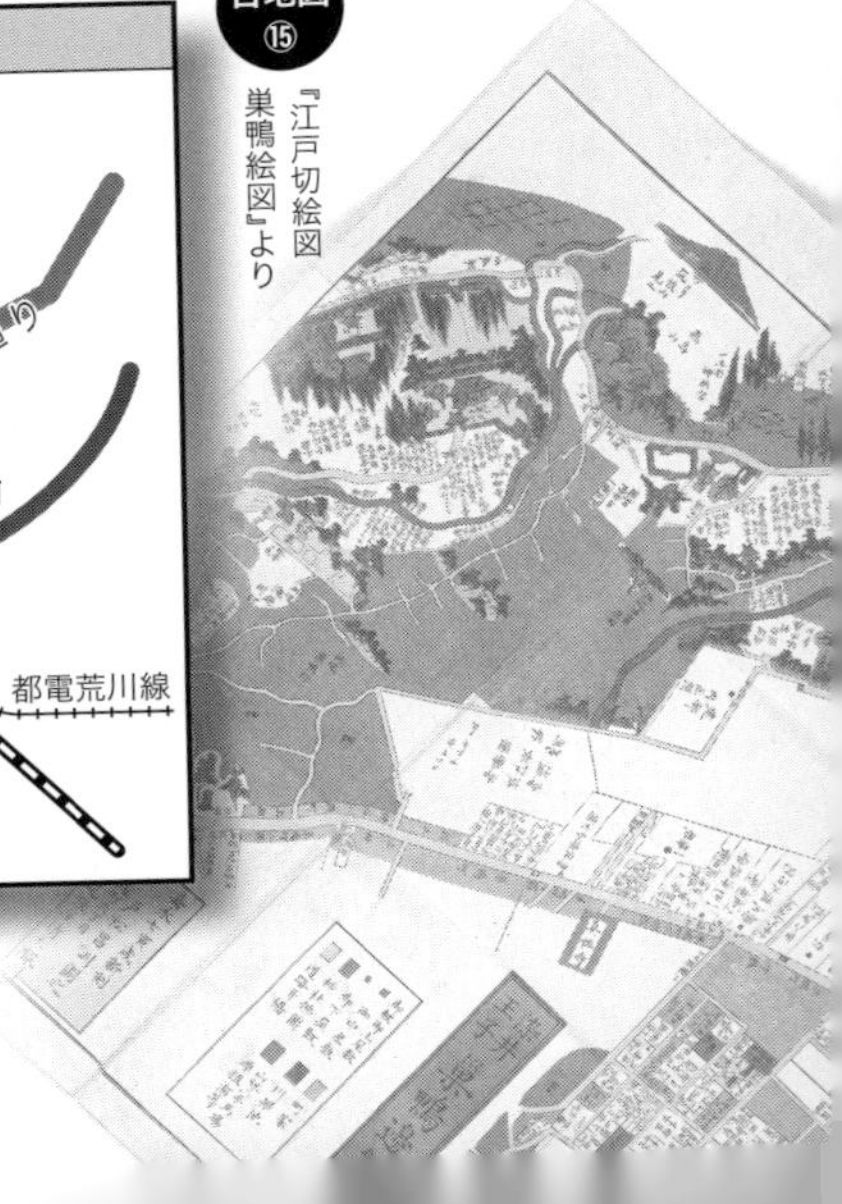

古地図⑮ 『江戸切絵図 巣鴨絵図』より

0～21年、江戸城内の吹上御庭で育てた山桜の苗木計1270本を飛鳥山に植樹。幕府は山裾に54軒、ふもとの音無川(石神井川)の土手に9軒の茶屋を誘致し、楊弓場《ようきゅうば》(遊技場)などの娯楽施設の営業も許可。飛鳥山は江戸最初の花見専用レクリエーション公園に生まれ変わった。

それまで花見といえば、上野・寛永寺の境内が有名だった。境内といっても現在の上野公園のほぼ全域にあたる。寛永寺は徳川将軍家の菩提所であり、歴代の住職は宮様。恐れ多いということで三味線など楽器の演奏、歌ったり、踊ったりの酒宴ははばかられた。山同心という役人が見回っていたから、花見客は相当に肩身の狭い思いをした。しかも暮れ六つ(日没)になると追い出された。

飛鳥山公園には桜を植樹した徳川吉宗を顕彰する「飛鳥山碑」(1737年建立)が保存されている

■ いま風の飛鳥山

その対極にあったのが飛鳥山。日本橋から2里(約8キロ)離れた郊外。お上をはばかることなく、どんちゃん騒ぎが許された。吉宗も幕臣たちに飛鳥山での花見を勧め、料理や酒を持たせて一般の花見客に振る舞わせた。

重箱や器に将軍家の葵紋があるのを見つけて庶民がのけぞる、という茶番めいたもてなしだったと江戸考証家・三田村鳶魚が『江戸の春秋』に書いている。

吉宗の強力なバックアップで誕生した花見の行楽地は、規制を取り払い、娯楽性が高い開放空間だった。花見の幕府戦略特区と言ってもいいだろう。現代の喧噪な花見は、飛鳥山がルーツのような気がする。吉宗は飛鳥山から、ふもとの音無川(石神井川)にかけて楓も植樹し、秋の紅葉の名所にもした。

前回の「面倒な気遣い避けたい 迂回大名の心情」(74頁)でも取り上げた鬼平犯科帳の『山吹屋お勝』(第5巻第6話)では、長谷川平蔵が歩いた王子をこう描写している。

〝あたりは武蔵の国の田園地帯の風趣も濃厚で、近くの飛鳥山の桜花は江戸人の間に名高い。このように美しい景観をたのしみつつ、権現社へ稲荷社へ参詣し、音無川の岸辺にたちならぶ茶屋で酒食をすまして帰る。こうしたことが当時の人びとの遊山行楽の最たるものので、王子詣りは四季を通じて人の絶えたことがない〟

権現社は王子神社、稲荷社は王子稲荷神社のことである。鬼平犯科帳のいくつかの作品で、平蔵は王子神社に参詣しているが、飛鳥山で花見に興じる姿は描かれていない。平蔵の花見は、駒込にある知人の旗本、林内蔵助直之《くらのすけなおゆき》の別邸に招かれ庭の八重桜を愛でて一献した程度だ(第7巻第7話「盗賊婚礼」)。それも午後7時にお開きになっている。

■ 着流しの覆面刑事?! 火盗改方

もともと花見は、一本の大きな木に咲く桜を愛でるものだった。江戸には三十三桜といって33本の銘木が紹介されていた。飛鳥山が名所になってから広いスペースに団体で楽しむ花見が主流になった。次から次へと事件に見舞われる緊張の日々。心を癒す風流な花見を平蔵は好んだのかもしれない。

三田村鳶魚の『捕物の話』によれば、飛鳥山は江戸市外で町奉行所の管轄ではなく、取り締まりの警察官がいない。いくら無礼講の開放空間といっても、酔っ払って暴れ、騒ぎを起こすのは御法度。火付盗賊改方が飛鳥山を巡回して暴力的な酔漢を取り締まったそうだ。花見シーズンの飛鳥山は、平蔵にとってお役目の舞台。酒宴で浮かれることはできなかったのは想像に難くない。

そもそも火盗改方は隅田川の花火、両国・回向院の勧進相撲、年の市など人が多く集まり賑わう所には、着流しの浪人姿で忍び回りをして、スリや窃盗に目を光らせていた。雑踏警戒は手慣れたものだった。

小説の平蔵は、王子神社の参道で、ある女性とすれ違い、その顔つきに不審なものを感じ取り、身辺調査してスリであることを見抜く(第2巻第3話「女掏摸お富」)。また、王子稲荷神社の参道に建ち並ぶ料理屋の一つが盗賊一味の拠点になっていることをつかんだ平蔵は、与力、同心らの一隊18人を率いて急襲している(第1巻第1話「唖の十蔵」)。平蔵が「突入！」の合図を出したのは、かつて流れていた上郷《かみごう》用水に架かっていた三本杉橋のたもと。用水は埋め立てられたが、JR王子駅北口から王子稲荷神社へ向かう途中の交差点の片隅に、三本杉橋の親柱が残っている。

江戸の人々に人気だった行楽地・王子は平蔵らにとって気を緩められないエリアだった。

桜といえば、ソメイヨシノが代表的だが、これは品種改良で明治以降に普及した。江戸にはしだれ桜、山桜、八重桜などいろんな桜があって、早咲きから遅咲きまでほぼ1カ月、花見を楽しめた。桜のバリエーションでは東京よりも江戸の方が豊富だった。いまの飛鳥山もソメイヨシノが散っても、遅咲きの八重桜などが楽しめる。

名主の滝公園にある男滝

◆名主の滝

飛鳥山のふもとを流れる石神井川《しゃくじいがわ》とその界隈は江戸時代、滝の名所だった。七つの滝があり「王子七滝」と呼ばれ夏は納涼客でにぎわった。現在は「名主《なぬし》の滝公園」（北区岸町1－15－25）の滝だけが残っている。江戸時代に王子村の名主、畑野孫八が屋敷内に滝を開いて一般開放したのがはじまり。回遊式の庭園となっており、落差8メートルの男滝をはじめ女滝など四つの滝がある。入場無料。開園時間は9時～17時。

一六 武士道の地域格差

【六間堀・猿子橋（江東区常盤1）】

■ 身元を隠して

深夜、編み笠を目深にかぶった怪しい風体の浪人が一人で歩いている。見回り中の火付盗賊改方の同心が「待て！」と呼びかけたが、通り過ぎていく。追いかけて編み笠をはぎ取ると、お頭（火盗改方長官）の長谷川平蔵。驚き平身低頭の同心に平蔵は「よくぞ気がつき、追いかけた。お役目ご苦労」とねぎらった。旗本らの素行、評判を記した『よしの冊子』に記載された逸話である。

『鬼平犯科帳』第7巻第6話「寒月六間堀《かんげつろっけんぼり》」では、長谷川平蔵は本所を単独で巡回し、竪川・二之橋

古地図⑯

『江戸切絵図 深川絵図』より

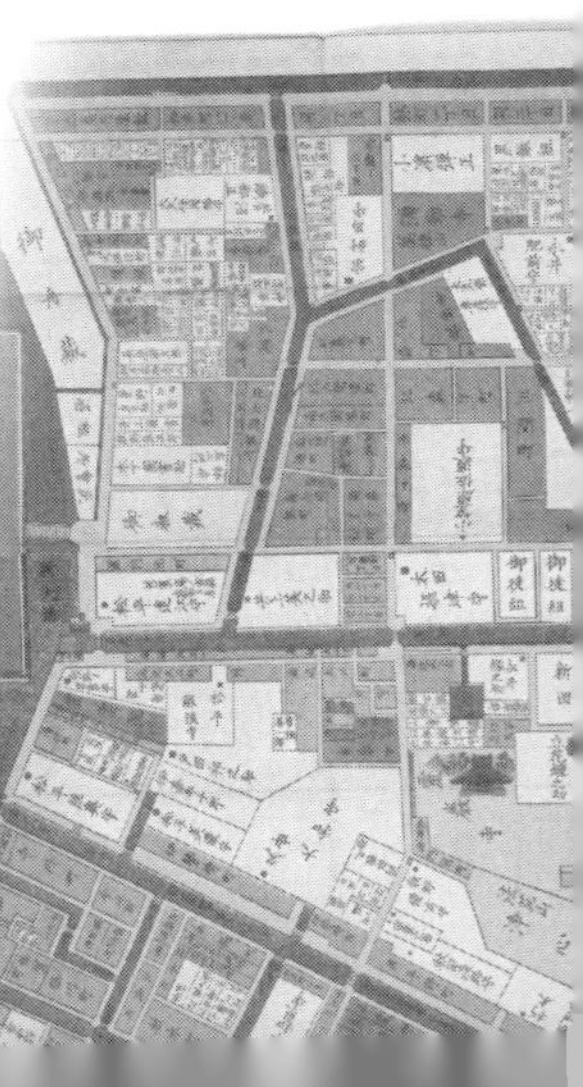

のたもとにある軍鶏鍋屋「五鉄」で一升ほどの酒を飲んだ。外は雪が舞っている。役宅に帰るのが面倒になった。このまま泊まろう。この時の平蔵の心境は――

〝つまりは、人間というもの、生きていくにもっとも大事なことは……たとえば、今朝の飯のうまさはどうだったとか、今日はひとつ、なんとか暇を見つけて、半刻か一刻を、ぶらりとおのれの好きな場所へ出かけ、好きな食物でも食べ、ぼんやりと酒などを汲みながら……さて、今日の夕餉《ゆうげ》には何を食おうかなどと、そのようなことを考え、夜は一合の寝酒をのんびりとのみ、疲れた躰《からだ》を床に伸ばして、無心にねむりこける。このことにつきるな〟

■平蔵の働き方改革

10年以上前のことだが、小田急ロマンスカーのテレビCMにこんなのがあった。40代のサラリーマンが平日の昼間、ロマンスカーに乗り込む。「今日のことはとりあえず、全部すましてあるんで。よろしく」と会社に電話を入れて箱根の旅館へ。そして「いいじゃない。たまにはずる休み。」のコピーが流れる。

そんな働き方に憧れた。日々衝動に駆られた。間もなくして芥川賞作家の赤瀬川原平《あかせがわげんぺい》さんと東京散歩の連載企画を立ち上げた。街を歩き、人と出会い、うまそうな店を見つけて盃を交わし語らう。平日の昼間からそんなことをする大義名分は？　ということでタイトルは「散歩の言い訳」。赤瀬川さんは2014年に亡くなったが、街歩きをテーマにした私の取材は続いた。この本のベースになった連載「鬼平を歩く」もそうである。

一昔前は「ずる休み」と言われていたことを、企業が率先して奨励するようになった。午後3時で仕事は終了、明るいうちから飲みに行く「プレミアムフライデー」というのもある。仕事もライフスタイルの中に位置づけ、日常の営みをいかに楽しむか。平蔵は昨今、流行語になった働き方改革の先駆者である。

話が横道にそれた。「五鉄」に泊まった平蔵は、さらに2日間行方知れずになる。息子を殺害した敵を江戸で見つけた西国の老武士と知り合い、助太刀を申し出た平蔵が敵の動静を探っていたからである。

■ 農民の敵討ち

江戸時代の敵討ちの事例を分析した明治期の歴史家・平出鏗二郎《ひらでこうじろう》（1869〜1911年）は著書『敵討』で、旗本や御家人の刃傷沙汰は少なくなかったが、敵討ちはほとんど見当たらないと指摘している。地方の大名家の武士による敵討ちが圧倒的に多い。世情が混乱し武家秩序が崩壊しつつあった幕末にあっても、富山藩では殺害された父の敵討ちをしないという理由で屋敷、家財を没収され追放された藩士もいた。

江戸考証家・三田村鳶魚は江戸に暮らす旗本、御家人の間で敵討ちの例があまりない背景として「都会化して生活本位になり、義理とか道理とかからは離れていった」(『敵討ちの話』)と書いている。彼らは「家柄、能力、コネ」で役職を争う幕府の官僚機構に組み込まれ、サラリーマン化していった。地方と江戸の「志の格差」は顕著だった。

平蔵が活躍した1790年前後からは農民の敵討ちも増えた。敵討ちは武士の専売特許と思われがちだが、実はそうではなかった。敵討ちを奉行所など役所に届け出て事前に公認してもらえるのは武士だけだったが、町人や農民の場合、敵討ちをした事後に取り調べを受けて、敵討ちだと認定されれば無罪放免だった。

■ 老武士の敵討ちに助勢

将軍の家来である旗本たちの武士道は廃れるばかり。二十余年に渡って敵を探し求めた老武士の命がけの敵討ちに助勢しなければ旗本の名折れ、と平蔵は思ったのだろう。平蔵が部下や密偵にも内緒にして、自ら行方不明の状況に置いたのにはわけがある。

一つは、火盗改方の役目とは関係なかったこと。もう一つは、老武士の敵討ちは、幕府の法制度に照らせば違法だったからだ。主人や親、兄の敵を討つのはOKだが、息子や弟は殺害されても敵は討てなかった。助太刀を申し出た平蔵も隠密理《おんみつり》にことを運ばなければならなかった。

六間堀は埋め立てられ、長谷川平蔵が助太刀した敵討ちの現場、猿子橋は道路（交差点）になっている

平蔵と老武士の敵討ちルートをたどった。2人は清澄《きよすみ》通りにある平蔵なじみの茶店「笹や」で身支度を整え、竪川・一之橋の南詰の弁天社（江島杉山《えじますぎやま》神社）へ。参道に身を潜め、屈強な浪人に守られた駕籠に乗り、一之橋に近づく敵を確認する。六間堀の猿子橋に先回りし待ち伏せて……。

弁天社の参道は路地のように切れ込み、なるほど身を潜めやすい。境内の奥には『江戸名所図会』にも描かれた、江ノ島の洞窟を模した「岩屋」がある。中に入ると夏でも涼しい。六間堀は埋め立てられ、猿子橋があったのは現在の常盤1丁目交差点。六間堀に合流していた五間堀は公園になっている。

猿子橋では本当に敵討ちがあった。本所に屋敷を構える家禄6千石の大身旗本、神保左京の用人

平蔵と老武士が身を潜めて、敵の出方を探った弁天社（江島杉山神社）参道

（秘書）・崎山彦作が、同僚に殺害された。公金の使い込みがバレて口封じのためだが、神保も体面を重んじて事件を隠蔽した。

納得できぬ妻と娘であったが、女の力ではどうにもならない。6年後、17歳になった娘は陰陽師の平井専竜と結婚。平井の助太刀を得て母娘は敵討ちを果たしたが、平井も深手を負い数日後に死亡した。旗本の体面に挑んだ妻と娘は町奉行所の取り調べを経ておとがめなし。1798年、長谷川平蔵の死去から3年後のことだ。

◆敵討ち

敵を探し求めた最長記録は53年。山伏だった夫を農家の男に殺害され、妻と息子が現在の福島県で1853年に敵討ちを果たした。諸国を巡って敵を捜すため10～20年かかったケースが多い。地方の武士の場合、敵討ちの旅に出る前、殿様にお暇を願い出る。現代の依願退職だ。敵討ちに成功するか、相手がすでに病気などで死亡したことを証明できなければ国元に帰ることはできない。首尾よく成功して復職できた。しかし、敵討ちの旅に出たまま消息不明になることが多かったという。

一七 グレーな人脈の活用

【船宿「鶴や」（江東区扇橋1）】

■ 裏社会の情報源

野村胡堂《こどう》の『銭形平次捕物控』、岡本綺堂《きどう》の『半七捕物帳』は事件捜査の最前線で活躍する「目明かし」が主人公。正義の味方として描かれているが、実際は少数派だった。裏社会の人脈に精通する貴重な情報源だが、庶民に難癖をつけてはカネを脅し取る事例が多く、幕府は町奉行所と火付盗賊改方に目明かし雇用禁止をたびたび命じた。

町奉行所の目明かしは、奉行所の職員ではない。外回りをする同心がポケットマネーで雇っていた。給料が安い同心だから、ポケットマネーといって

古地図⑰
『江戸切絵図 深川絵図』より

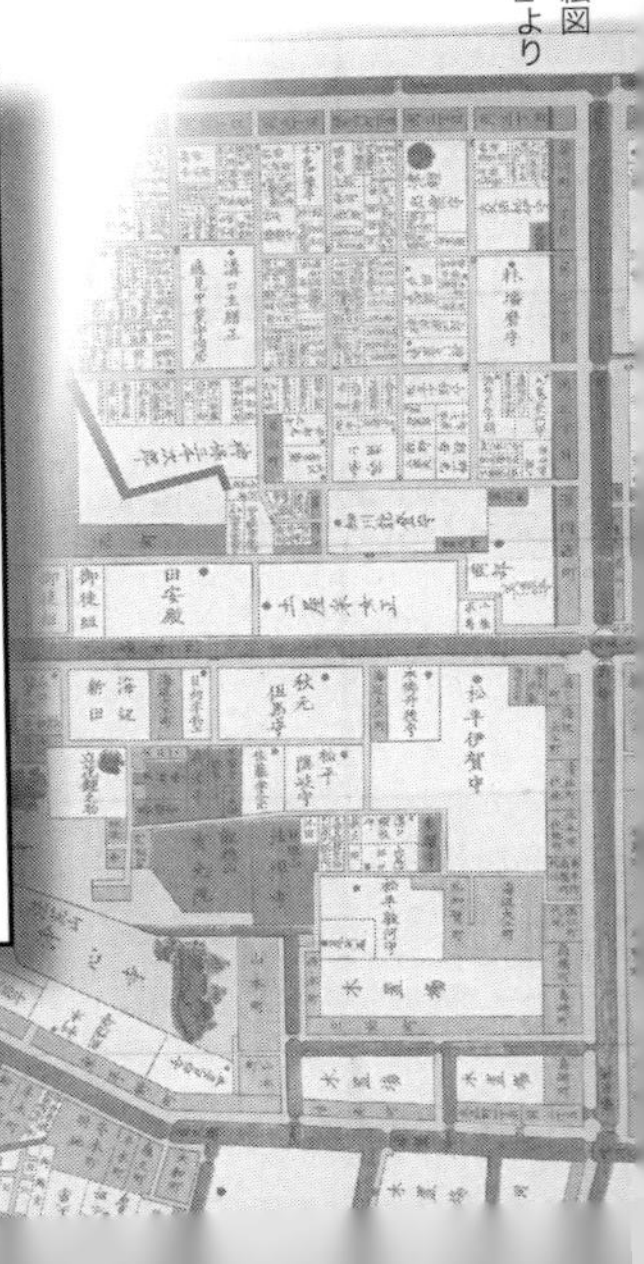

も知れている。年収は一分(1両の四分の一)ほど。1両10万円として2万5千円にすぎない。有給・無給合わせて約400人いたというから、ボランティア精神あふれる人たちのようだが、同心からもらう身分証明代わりの手札(名刺)があれば、町を一回りするうちに、小遣銭は稼げる。用心棒代のようなものだ。時代劇で十手をチラつかせる悪親分が出て来るが、雇い主の同心と一緒に仕事をしている時だけ携行できた。

自宅で賭場を開いて寺銭を稼いだり、獄中にいる男の妻の面倒をみたあげくに、売春でカネを稼がせたりと、とんでもない目明かしも報告されている。

山本博文・東大史料編纂所教授の著書『男の嫉妬 武士道の論理と心理』(ちくま新書)によれば、在職中に死去した長谷川平蔵の後任の火盗改方長官・森山孝盛《たかもり》は随筆で平蔵をこう批判している。「禁止されている目明かしをもっぱら使ったため、大盗賊はたちまち召し捕られて手柄を挙げたけれども、世間は穏やかにならなかった」

■ 目明かしか、密偵か

幕府の制度などをつづった明治期の雑誌『江戸会誌』(1890年6月発行)は、平蔵が「巧みに付人《つきびと》を用いていた」と記している。付人とは、罪を許される代わりに盗賊の人脈を密告し、あるいはスパイとして盗賊集団に潜り込んで捜査に協力する者のことである。一種の司法取引だ。

『鬼平犯科帳』では付人は密偵と表現され、全作品で50人以上の密偵が登場する。最古参の密偵の一人が「小房《こぶさ》の粂八《くめはち》」。長官就任直後の長谷川平蔵に捕らえられた盗賊の一味で、平蔵に心酔して密偵になる。

小説では目明かしも登場する。だが、平蔵が火盗改方長官となってからは密偵を重用し、目明かしの影は薄くなっている。その理由を平蔵は筆頭与力の佐嶋忠介《ちゅうすけ》にこう語る。

〝これまでの盗賊改方の目明しどもは、御役目をつとめるというよりは、御役目を利し、御役目に狎《な》れ、ついには、おのれが利益のためには盗賊共とも狎れ合うているようなところがあった。それよりも、いったん改心をした盗賊あがりの密偵のほうが、いのちがけではたらいてくれる〟（第10巻第3話「追跡」）

粂八は、平蔵から深川・石島町の船宿「鶴や」の経営を託され、火盗改方のパトロール船基地に仕立てる。平蔵が火盗改方長官だった1790年前後、幕府から支給された年間の長官手当は40人扶持（72石）。1石（約150キロ）＝1両＝10万円として約720万円。配下の与力、同心計40人と密偵たちの捜査費用はまかなえない。私財を投じて捜査を続ける平蔵を助けようと、粂八は船宿の経営を軌道に乗せ、収益から盗賊探索費用と他の密偵たちの給与に充当している。

深川江戸資料館内に建てられている船宿

扇橋から大横川を望む。小説では船宿「鶴や」は左岸にあったとの設定だ

「鶴や」のおおよその場所は小説で描かれている。

〝小名木川《おなぎがわ》から深川へ入り、新高橋《しんたかばし》をくぐってすぐに右へ、堀川にかかる扇橋をくぐってすこし行くと、左手に〈鶴や〉の軒行灯が、ぽつりと闇に浮いて見えた〟（第9巻第3話「泥亀」）

地下鉄清澄白河駅を降りて清澄通りを小名木川へ。高橋の下に遊歩道が川沿いに続く。ここから新高橋へ向かうと、徒歩でも舟と同じルートで扇橋に導いてくれる。

◆江東区深川江戸資料館

天保年間（1831～45年）の深川・佐賀町（現・江東区佐賀）の情景を再現した資料館。隅田川を挟んで日本橋の対岸にあたり、隅田川と深川の運河を活用して商業が盛んだった。館内には江戸の庶民が暮らした長屋を路地、井戸、共同便所などとともに再現。長屋の居間に上がることができる。水茶屋、火の見櫓《やぐら》、八百屋、舂米《しょうまい》屋、天ぷらとそばの屋台もほぼ原寸大で展示。船で客を送り迎えする船宿も建てられている。■住所：江東区白河1丁目3－28 ■電話：03－3630－8625 ■開館：展示室9時30分～17時（入館は～16時30分）／小劇場・レクホール 9時～22時 ■休館：第2、第4月曜（祝日の場合は開館）、年末年始

一八 世の不条理への義憤、弱者への視線

【下谷・浄蓮寺（台東区下谷1）】

■拷問は合法!?

江戸時代、被疑者の自白がなければ起訴から判決にいたる手続きはできなかった。状況証拠でガチガチにクロであっても、あるいは物的証拠がそろっていても自白が必要だった。

だから自白を得るために拷問は認められていた。笞《むち》で背中を叩く。それでも白状しなければ、三角形の材木を並べた上に正座させて、重い石を抱えさせる。それでダメなら……と拷問は続いた。拷問に際しては、行き過ぎのないよう（行き過ぎのない拷問というのもおかしいが）監察役の役人と医師が立ち

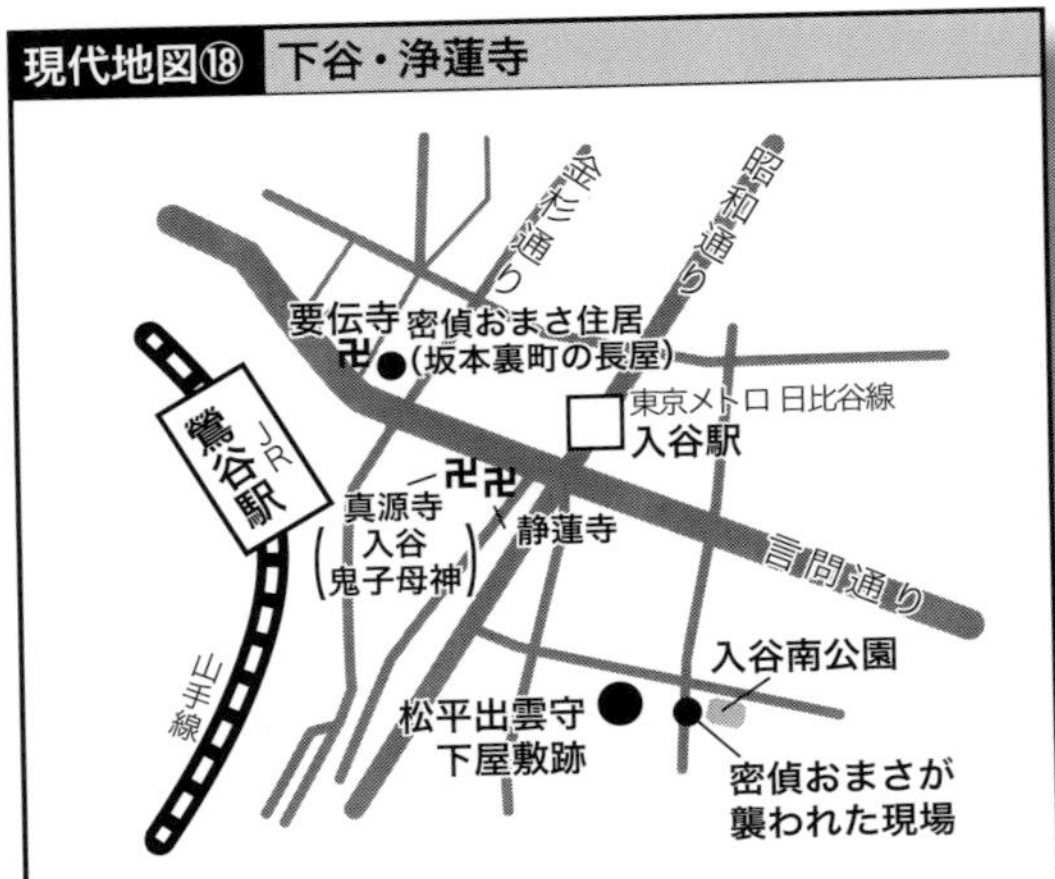

古地図⑱
『江戸切絵図 今戸箕輪浅草絵図』より

会ったというから、合法的な取り調べの一環だった。

　文献に記された史実の長谷川平蔵は正反対だ。常に親切に被疑者に接し、火付盗賊改方では一切の拷問を禁じた。誤認逮捕が判明すれば、拘留日数に応じて金銭補償もした。自らの裁きで死刑になった者のため、墓塔を建て菩提を弔った。若い頃に本所で放蕩した経験からだろうか、社会の底辺で生きる者たちへのまなざしは優しい。

密偵・おまさが暮らす長屋があった旧下谷・坂本裏町（現・台東区根岸３）付近

■命がけのおとり捜査

　そんな平蔵の姿勢は『鬼平犯科帳』にも貫かれている。第４巻第８話「夜鷹殺し」は、夜鷹と呼ばれた、夜の町に出没する娼婦を狙った連続殺人事件がテーマ。町奉行所が管轄する事件だが、おざなりな捜査で早々と迷宮入りにしてしまった。これでは被害者が浮かばれないと、平蔵は内密で捜査をはじめる。
　〝**落ちるところまで落ちつくした夜鷹たちは、一椀の冷酒や飯、一夜のねむりにさえも、いじらしいばかりの〈生きるよろこび〉を感じ、それをたよりに、絶望と闘いつ**

つ日を送っているのだ、と、長谷川平蔵はおもっている”
平蔵の心情を察した女密偵・おまさは犯人をおびき寄せるため、夜鷹に変装しておとり捜査を引き受ける。単独行動を禁じられていたが、ある深夜、独断で古くからの親友の密偵・相模の彦十を従えて下谷・坂本裏町の長屋の自宅を出た。

自分が斬られたら、彦十に犯人を追跡させ居所を突き止めようという命がけのおとり捜査。2人はまず4人目の犠牲者が見つかった浄蓮寺(静蓮寺《じょうれんじ》)裏の庚申堂へ向かう。そこから富山藩主・松平出雲守下屋敷の東側の道を歩いていると突然、頭巾をかぶった武士が現れ、おまさは左肩を斬られた。彦十はうろたえ、逃げる武士を追跡できない。その後も、おまさはおとりを志願し、平蔵、彦十と連携して事件解決に導く。

おとり捜査ルートの近くには真源寺(入谷鬼子母神)がある

■ 性産業の女性たち

夜鷹が登場する鬼平の作品に「兇賊《きょうぞく》」(第5巻第5話)がある。市中を巡回中の平蔵が居酒屋に入り、しばらくすると仕事を終えた夜鷹が酒を飲みに来た。平蔵は「遅くまで大変だな」と声をかけ、店の亭主に燗酒を一本つけさせる。この後の2人の会話が味わい深い。

〝「旦那。うれしゅうござんすよ」

「なぜね?」

「人なみに、あつかっておくんなさるからさ」

「人なみって、人ではねえか。お前もおれも、このおやじも……」〟

この平蔵の優しさはどこから来るのだろうか? 江戸の性産業を見ると、幕府が唯一公認し3000人前後の遊女を抱えていた吉原遊郭があった。非合法の岡場所も最盛期、百数十カ所あった。さらに、夜道で客を引く夜鷹がいた。尼の格好をした比丘尼という女性の娼家も繁盛した。元祖コスプレ風俗というべきか。

吉原以外の娼婦たちは非合法だから摘発の対象になる。検挙された女性たちは、罰として吉原で3年間のタダ働きを命じられた。そのやり方がひどい。どの妓楼で働かせるかを入札で決めたのだ。捕らえた女性たちを並ばせ、高値が付いた女性から吉原へ連れて行かされた。落札金は奉行所の収入である。

ただ、夜鷹は最下級の娼婦で年齢も高かった。摘発しても吉原で引き取ってもらえない。生活苦ではじめた商売ということもあって、町奉行所は黙認していたようだ。

江戸の町ごとに風俗世相を書いた『江戸町づくし稿』(青蛙房、1965年)には、小説の平蔵が青春時代を過ごした本所・入江町の特徴を「辻々に酌取り女がたむろして、遊客の袖を引き、数軒の四六見世《しろくみせ》がある」と書いている。四六見世とは料金が安い低レベルの娼家のこと。入江町から先も娼家が並び、遊女1300人がいたとか。

江戸の性産業の裾野の広さには驚かされる。背景として、江戸の人口構成も無視できないだろう。

■江戸の男女の人口比

初めて江戸の人口調査が行われたのが1721年。町人が対象で男32万3285人、女17万8109人。男65%、女35%の比率。江戸は人工的に建設され続けた都市なので男の職人が多かった。商家の奉公人も男だ。その後は徐々に女性が増えたが、男女比がほぼ同一になったのは幕末の1867年のことだ。

一方で、大名や旗本の武家屋敷の人口は、軍事機密で不明だが約50万人と推定されている。地方の大名家から単身赴任した武士が多数を占めていた。彼ら武家人口を含めると江戸は人口の上で圧倒的な男社会だった。

生きるため、貧しい家族のため身を売り、あるいは売られる女性たち。殺害されても顧みられない。平蔵たちは世の不条理を感じたに違いない。

◆密偵・おまさ

放縦な生活を送っていた若き平蔵が入り浸った居酒屋の亭主（盗賊）の娘。後に自らも盗賊の一味に加わったが、かつて慕っていた平蔵が火盗改方長官になったのを知り、「今が潮時。足を洗うなら長谷川さまのために働きたい」と平蔵に直訴して密偵になった。小間物の行商をしながら情報収集し、男の密偵顔負けの活躍をするが、何度も危険な目に遭っている。中村吉右衛門さん主演のテレビシリーズでは、梶芽衣子《かじめいこ》さんがおまさ役を務めた。また、相模の彦十は三代目江戸家猫八さん（2001年死去）が演じた。

一九　信頼できる人間関係 平蔵を支えた密偵網

【深川・千鳥橋（江東区佐賀2）】

■コメの相場を決めた物流の町

隅田川に架かる清洲橋東詰近くに仙台堀川がある。仙台藩伊達家がコメを船で運び入れた蔵屋敷があったことにちなんでいる。仙台藩は表向き62万石だが、新田開発が進み、実高１００万石を超えていたと言われている。蔵屋敷の敷地面積は１万７８０４平方メートル。23棟の米蔵が建ち並んでいた。

蔵屋敷のコメは市中に売却され、江戸で流通したコメの三分の一程度を仙台米が占めたそうだ。江戸のコメ価格の基準米となった。仙台堀川は江

古地図⑲

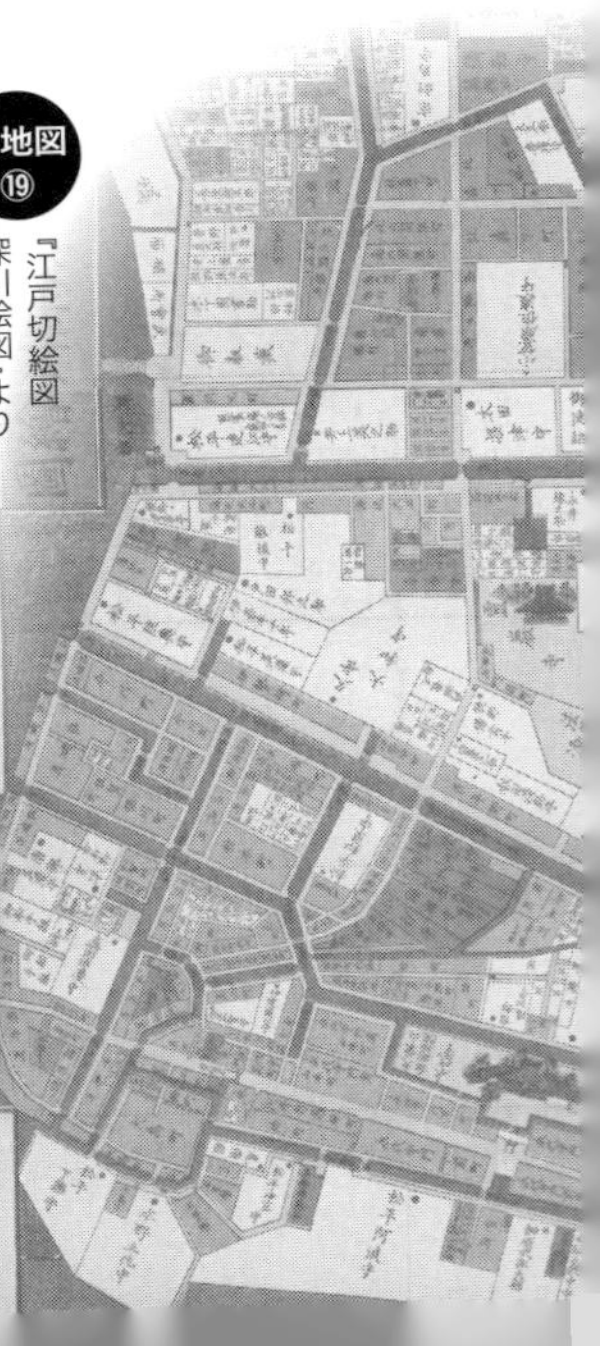

『江戸切絵図 深川絵図』より

戸のコメの物流動脈だった。

この蔵屋敷のコメは、江戸に7カ所あった仙台藩の屋敷に勤務する約3000人の藩士たちの食用米も供給した。現在の品川区東大井にあった下屋敷では仙台味噌をつくった。これも藩士向けの食材だったが、江戸っ子の評判になり一般にも販売された。やがて仙台味噌屋敷と呼ばれるようになった。現在は屋敷跡に「八木合名会社　仙台味噌醸造所」があり、量り売りで購入できる。

仙台堀川の蔵屋敷は、江戸でもっとも豪華な花火を打ち上げることでも有名だった。コメ、味噌の特産品の売り上げが貢献したのだろう。仙台堀川から隅田川沿いを南へ歩くと隅田川大橋のたもと。頭上を首都高速9号深川線が走る。高速道の真下を1975年まで油堀川《あぶらほりがわ》が流れていた。江戸時代は行灯の照明に使われる菜種油など油を積んだ船が出入りした。油の問屋が建ち並び、取引所もあり、油の物流拠点だった。

仙台堀川から油堀川跡の周囲は、大手物流会社や倉庫が並んでいる。油堀川は高速道路に変わったが、いまも物流の町。江戸から「土地のDNA」は受け継がれている。

■「大滝の五郎蔵」と男の約束

『鬼平犯科帳』第5巻第1話のタイトルでもある「深川・千鳥橋」は油堀川に架かっていた

埋め立てられた油堀川の上に首都高が建設された。千鳥橋が架かっていた福住ランプ前交差点

橋で、その跡は首都高高架下の福住《ふくずみ》ランプ前交差点になっている。

小説では千鳥橋南詰にせんべい屋「武蔵屋」があり、そこは盗賊・鈴鹿の弥平次の盗人宿。盗人宿とは盗賊集団の連絡所と盗品の隠し場所を兼ねた所で、表向きは堅気の商売をしている。火付盗賊改方長官・長谷川平蔵は与力、同心を従えて武蔵屋を急襲し、盗賊一味を一網打尽にする。

この作品で密偵・大滝の五郎蔵《ごろぞう》がデビューする。平蔵に捕らえられたばかりの別の盗賊の頭だが、平蔵は五郎蔵の義理堅い人柄を見抜き、脱獄したことにして釈放し、五郎蔵に盗人宿探索を命じる。その際、平蔵と五郎蔵はある約束をする。五郎蔵はそのまま逃走するのではないか。不安を口にする部下に平蔵はこう言うのである。

〝男の約束というものだ。相手が将軍家であろうとも、もと盗賊であろうとも、おれにとっては変わらぬことよ〟

史実では独断で法を曲げた捜査が発覚し、遠島《えんとう》になった火盗改方長官もいた。五郎蔵の探索が失敗すれば平蔵も処分は免れない。その覚悟を感じ取った五郎蔵は、平蔵の約束を信じて奔走する。

小雨が降る千鳥橋跡に立った。武蔵屋での捕物を終え、平蔵が五郎蔵との男の約束を実行する現場だ。

〝「これで、よいな」と、**長谷川平蔵がいった。返事のかわりに、五郎蔵の号泣がおこった。いつしか、風は絶えていた**〟

ラストの情景は何度読み返しても感動的なのである。五郎蔵はやがて密偵を束ねるリーダーとなり、密偵・おまさと結婚する。

〝**鬼の平蔵というなあ、恐ろしい男よ。どこに、どんな網が張り巡らされているか、知れたものじゃあねえ**〟（第14巻第3話「殿さま栄五郎」）。盗賊から恐れられた密偵ネットワークは、平蔵と密偵たちとの強い絆に支えられている。

◆平蔵の密偵選定基準

『鬼平犯科帳』に登場する密偵は盗賊出身だが、共通項がある。人を殺傷しない、盗まれて難儀する所から盗まない、女性に乱暴しないといった「3カ条のモラル」を信条とした盗賊だ。血なまぐさい事件を起こす盗賊が増えたことへの憤りが密偵になった背景にある。第12巻第4話「密偵たちの宴」では、大滝の五郎蔵ら密偵たちが伝統的な盗みを世間に手本として示そうと画策する。

二〇 大晦日も正月も関係なし 多忙の火付盗賊改方

【隅田川七福神の三囲神社（墨田区向島２）】

■江戸上空を鶴が舞う!?

元日の夜明け。江戸の人々は愛宕山《あたごやま》（港区）や高輪（同）、深川洲崎（江東区）など見晴らしのいい場所で初日の出を拝んだ。いまでは想像できないが、江戸の上空を鶴が舞っていた。徳川将軍の鷹狩りに備えて江戸近郊には鶴が舞い降りるようにエサをまいていたから、鶴の舞は正月の風物詩だった。

余談だが、新宿区早稲田鶴巻町《つるまきちょう》は鶴のエサまき場があったことが町名の由来。ここでは鶴が放し飼いにされていたという。

幕府の機構、職制を詳述した『江戸時代制度の

古地図⑳
『江戸切絵図 隅田川向島絵図』より

現代地図⑳ 隅田川七福神の三囲神社

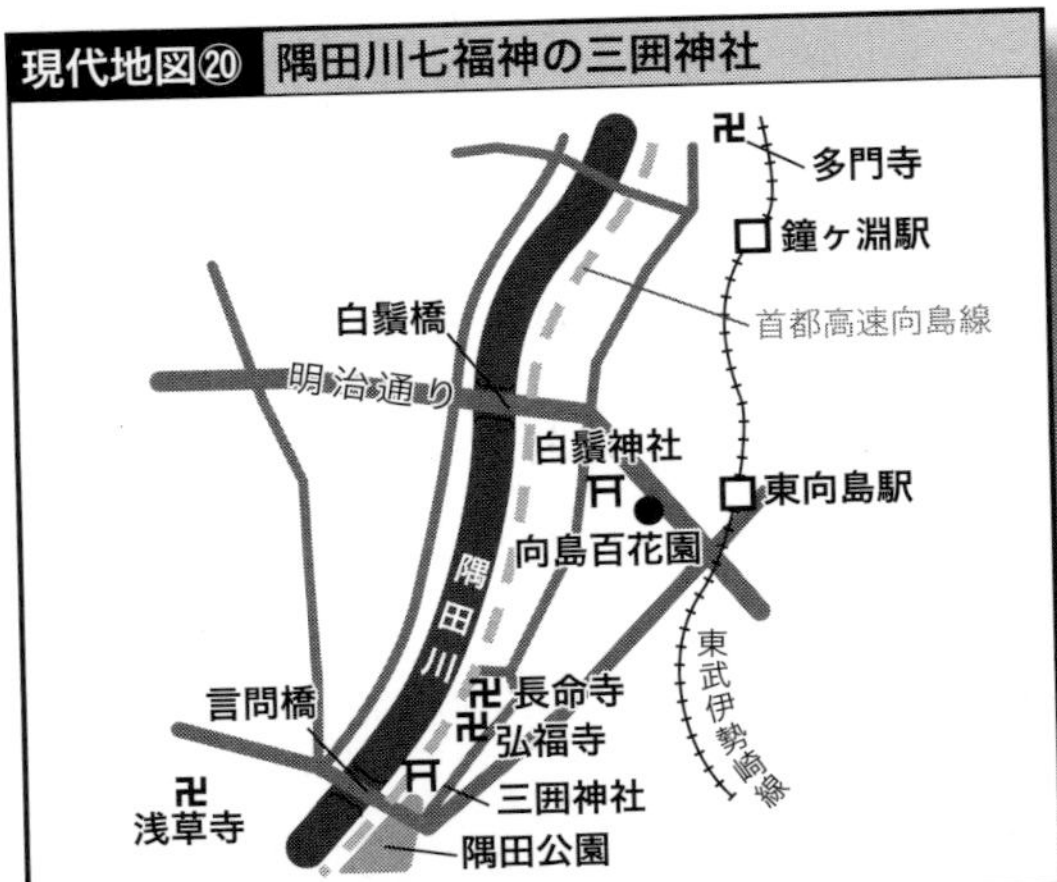

研究』（1919年出版）によると、火付盗賊改方長官は大晦日から徹夜で江戸市中を巡回し、高輪や深川洲崎で初日の出を迎えるのが習わしになっていた。史実の長谷川平蔵も初日に舞う鶴を見たのであろう。つかの間の正月気分。『鬼平犯科帳』の平蔵は正月返上である。

〝火付盗賊改方の正月は、平常と少しも変らぬ。正月だからといって気をゆるめている隙に、どんな事件が起るか、知れたものではないからだ〟（第24巻第1話「女密偵女賊」）

平蔵が家族と祝膳を囲み正月気分を味わったのは、第4巻第3話「密通」に描かれている程度だ。

■ 風情たっぷり、正月の「隅田川七福神めぐり」

平蔵死去（1795年）後の文化年間（1804〜18年）、江戸に新春の名所が加わった。「隅田川七福神めぐり」。花木、草花の植物園「百花園《ひゃっかえん》」（現・向島百花園）」に集う文人たちが正月の遊びとして考案した。

百花園は仙台出身の骨董商・佐原菊塢《きくう》が開いた民営の植物園。当初は梅の木を中心に植えたが、その後、四季折々の草花を植えた。それまで江戸では桜（飛鳥山）、ハス（不忍池）、菖蒲（堀切）、サクラソウ（板橋）など単一品種の花が広いスペースで咲いている所が花の名所だった。そのため、オフシーズンも長かった。百花園は700種以上もの草花がそろっているのが自慢で、ほぼ1年を通してオンシーズンだったのが特色だ。

しかもこの頃、江戸では植木鉢が普及し、草花を鉢に植えて自宅で鑑賞することが流行になりはじめた。草花鑑賞がビジネスになると踏み、百花園は春の七草、秋の七草も大々的にPRした。といっても当時は入場無料。その代わり、園内に茶屋を設け、百花園の自家製梅干しを販売。陶芸体験教室といったイベントも行い、園内でカネを落としてもらう仕組みを作った。江戸最初のテーマパークと言ってもいいだろう。

ただ、正月はさすがに見るべき草花もなく、寒い。園内は閑古鳥が鳴く。経営者の佐原は福禄寿の像を持っていた。周辺の寺社に聞くと、弁財天、布袋尊と七福神をまつっているではないか。だが、寿老神がない。ならばまつってもらおう。ということで、目をつけたのが白鬚《しらひげ》神社。名前からして寿老神との相性が良さそうだ。七福神めぐりの舞台は整った。隅田川七福神めぐりに、植物園の百花園が入っているのはこうした経緯があるためだ。

毎年、元日から7日まで七福神が開帳される。多門寺(毘沙門天)を出発し、隅田川七福神をめぐった。白鬚神社(寿老神)から向島百花園(福禄寿)に通じる路上にきびだんごの屋台が出ている。近くのパン店が「七福神あんパン」を特設テーブルで売っている。百花園に入ると、テーブルが並び出店がにぎわっている。春の七草粥をいただいた。長命寺《ちょうめいじ》(弁財天)で名物の桜餅を食べ、弘福寺《こうふくじ》(布袋尊)で甘酒と田楽……。食べ歩きも楽しい。さすがテーマパーク発祥の七福神めぐりである。

密偵・玉村の弥吉が祈願し、長谷川平蔵の危機を救った三囲神社本殿

■狛犬がライオンの神社

終点は大国神と恵比寿神をまつる三囲《みめぐり》神社。『鬼平犯科帳』第22巻特別長編「迷路」に登場する社だ。

〝大川の堤の道から一段下って、田圃の中の参道が東へ伸び、彼方に社の森が見える。（中略）玉村の弥吉は松並木の参道をすすみ、二の鳥居を潜って、三囲稲荷の境内へ入った〟

玉村の弥吉は盗賊上がりの密偵。弥吉は本殿の前で額ずき懸命に祈った。

〝（どうか、一日も早く、悪いやつどもがお縄にかかりますように……）そして、（長谷川平蔵様の御難儀を、お救い下さいますように……）〟

「迷路」では火盗改方の与力、平蔵の娘が嫁いだ旗本家の家臣らが相次いで殺害される。明らかに平蔵

三越池袋店の玄関にあったライオン像

に揺さぶりをかけた連続殺人。息子・辰蔵にも刺客が差し向けられ、火盗改方は業務停止状態になる。幕府は平蔵の罷免を決め、平蔵は最大の危機に直面する。これ以上、部下に捜査させて犠牲者を出すわけにはいかない。そう決意した平蔵は頭を丸め、托鉢の僧侶に変装して単独で決死の探索を行う。

弥吉は三囲神社で刺客を放つ黒幕のしっぽをつかみ、事件解決の立役者となるから、霊験あらたかな社である。

三囲神社の参道、境内は小説の描写とあまり変わらないが、弥吉が祈願した時には存在しなかったものがある。本殿前のライオンの狛犬だ。三越池袋店の玄関に鎮座していたが、２００９年の閉店に伴い境内に安置された。

三囲の「囲」の字体が、井戸を囲んでいるから、江戸に進出した呉服商、三井家(三井越後屋)はこの神社を守護社とした。大国神と恵比寿神も越後屋にまつっていたものを境内に移し、三井家が内社殿を造営した。

「迷路」のラストシーンでは、罷免を撤回された平蔵が再び、清水門外の役宅に戻る。駕籠を降りた平蔵が見たのは、空を渡る引鶴《ひきづる》の群れ。正月に徹夜の見回りで疲れた平蔵を癒したであろう鶴は、平蔵の長官復帰を見届けて江戸から去っていった。

◆300年続く「長命寺桜もち」

1717年ごろ、隅田川の土手に桜が植えられ、花見客で賑わうようになった。長命寺の門番だった山本新六が、桜の落ち葉をかき集めて樽で塩漬けにし、餅を包み込んで売り出したのがはじまり。1824年に滝沢馬琴《ばきん》が長命寺に赴いて調べた記録によると、桜の葉を漬け込んだ樽が31個、葉っぱは77万5000枚。当時は2枚の葉で餅を包んでいたので年間で約38万7500個の桜餅を売っていたことになる。現在は3枚の葉で包んでいる。■住所：墨田区向島5−1−14 ■電話：03−3622−3266 ■営業時間：8時30分〜18時 ■定休日：月

㈡ 石段を跳び刺客をかわす

【池上本門寺（大田区池上1）】

■ 胸を突くように急な九十六段

〝武蔵の国・荏原《えばら》郡・池上村（現東京都大田区池上一丁目）にある長栄山《ちょうえいざん》・本門寺《ほんもんじ》は、日蓮大上人終焉の古跡で、弘安《こうあん》五年の開創だという〟『鬼平犯科帳』第9巻第4話「本門寺暮雪《ぼせつ》」は池上本門寺が舞台。〝小高い丘のすべてが境内〟〝全山、鬱蒼たる木立につつまれた本門寺の大堂（祖師堂）は山頂にあり、……〟。小説の情景は1830年代に刊行された『江戸名所図会』のスケッチ絵そのまま。いまも本門寺に訪れると、図会で描かれた景色と見事に重なる。

資料

『江戸名所図会　長栄山本門寺』より

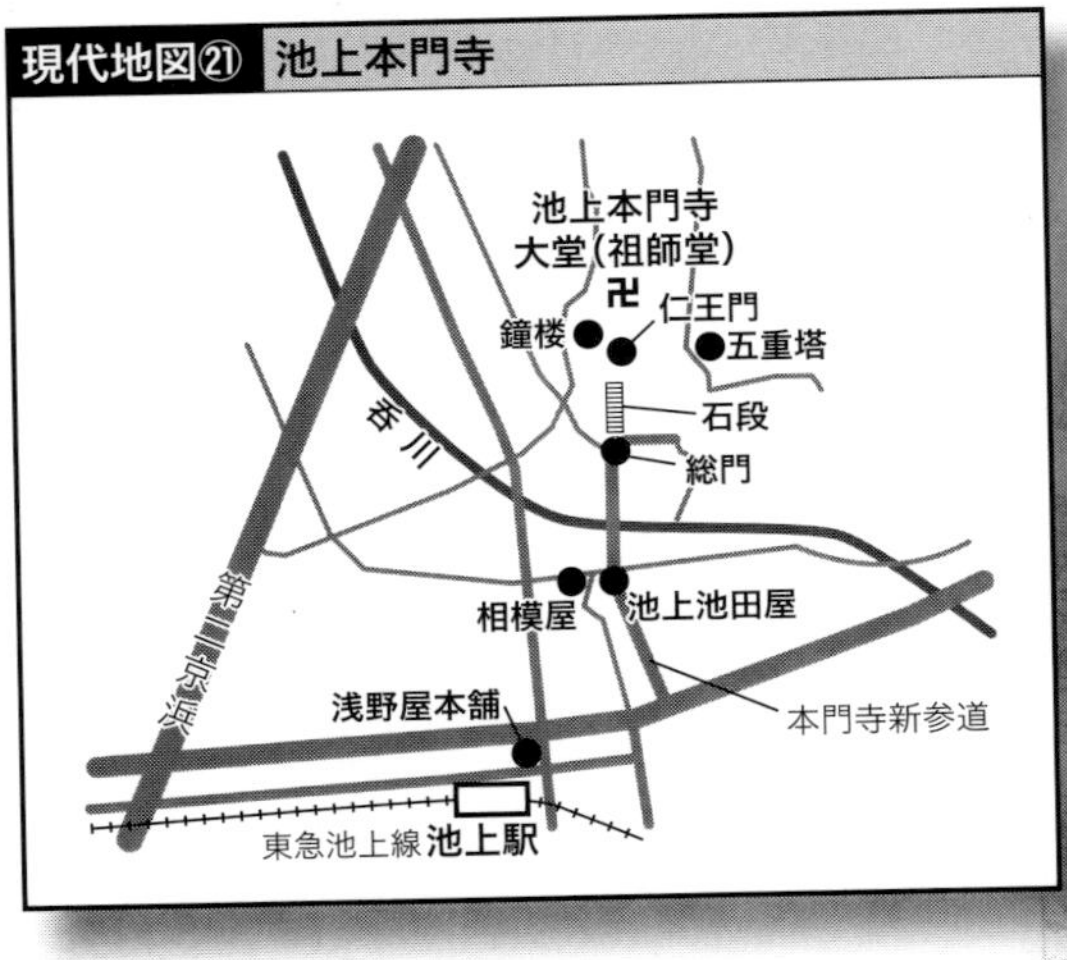

長谷川平蔵は本所の高杉銀平道場に通っていた頃の剣友、井関録之助《いせきろくのすけ》と高輪で久しぶりに出会い、本門寺参詣に誘う。井関家は代々、御家人だったが、父が吉原の遊女と心中し家名は断絶した。浪人となった録之助は大坂で剣術道場を開くが、面倒になって閉鎖。托鉢僧と言えば聞こえはいいが、汚れた法衣でその日暮らし。定職に就くよりも、これが気楽で性に合っているらしい。

長谷川平蔵と井関録之助が上っている途中、刺客に襲われた石段。加藤清正が寄進して造営されたと伝えられている

余談だが、吉原の遊女と心中した幕臣は実際にいた。4千石の大身旗本・藤枝外記《げき》である。1785年、28歳だった外記は、昵懇《じっこん》の間柄になった19歳の遊女が裕福な町人に身請けされると聞いて遊女を連れて逃亡。しかし逃亡先を突き止められ心中し、藤枝家は改易《かいえき》処分を受けた。

夕刻、本門寺に着いた2人は本門寺総門近くの茶店でくず餅を食べた後、茶店に泊まり雪見酒を楽しもうと語り合い、「胸を突くように急な九十六段の石段」を登った。石段は小説の山場だけに描写は詳しい。登れば平蔵の視線を体感できる。

〝眼前には、急な石段が見えるだけだ。この石段をのぼりきってはじめて、仁王門も五重の塔も鐘楼も祖師堂も、眼に入るのである〟

石段の上で待ち伏せしていた刺客に平蔵らが襲われたのは「あと五、六段で石段をのぼり切ろうとする」地点。録之助は驚いて体勢を崩し石段を転落。平蔵は刀を抜くこともできず、石段を何段も跳び上がって相手の刀をかわすのに精いっぱい。現場に立つと、石段を跳んで相手の刀をかわすことさえ神業のように思える。

■一刀流の達人と書かれた平蔵の真実

小説上の平蔵は一刀流の剣の達人である。江戸城西の丸に書院番士として勤務していた30歳の頃、十代将軍・徳川家治が上覧する剣術の御前試合が行われた。参加者は旗本、諸大名の家臣の中から選抜された手練の武士たち。平蔵は越後長岡藩の家臣と対戦し、快勝している(第23巻特別長編「炎の色 盗みの季節」)。

史実の平蔵の腕前はわからないが、推測できる出来事がある。1787年5月に江戸中の商店が襲われた「天明《てんめい》の打ち壊し」だ。

1780年代は異常気象続きだった。大雨で隅田川がたびたび氾濫した。83年に浅間山が大噴火し、米作に大きな被害が出た。米価は高騰を続け、大坂の米相場は2年間で3倍

長谷川平蔵と井関録之助が刺客に襲われたあたりから下を見る

に跳ね上がった。幕府は貧しい人々に御救米を支給するが焼け石に水。商家などが相次いで襲われ、江戸は騒乱状態になった。

幕府は常備軍の先手組34組のうち10組の組頭に治安出動を命じた。幕府の公式記録『続徳川実紀《じっき》』に先手弓二番組頭だった平蔵の名が10人の頭の筆頭に記載されている。平蔵は当時42歳。先手組の頭の中では最年少だ。勇猛果敢で名を馳せていたのだろう。

さて、本門寺の石段で防戦一方の平蔵が「おれも、これが最後か……」と覚悟した瞬間、奇跡が起きる。石段を駆け上がってきた柴犬が刺客の右足にかみついた。この柴犬、平蔵がくず餅を食べた茶店の飼い犬だ。

現在、石段のわきにこんな立て看板がある。「必ず犬の首輪にリードをつけ飼い主さん主導の散歩をして下さい。散歩コースは飼い主さんが決め、決して犬に決めさせないで下さい」。ガブリとかみつかれた人は多かったのだろうか。

◆本門寺門前のくず餅

「本門寺暮雪」では長谷川平蔵と井関録之助は、本門寺総門そばの架空の茶店「弥惣《やそう》」でくず餅を食べている。江戸時代創業のくず餅屋がいまも3軒ある。総門近くで営業しているのは「池上池田屋」と「相模屋」。相模屋の店舗の脇には元禄年間に設置された道標が保存されている。東急池上線池上駅前には「浅野屋本舗」がある。

くず餅の「相模屋」。手前の石柱が江戸当時の道標

㉒ 高利貸しとサラリーマン武士

【浅草御蔵(台東区蔵前1・2)】

■給与はコメを支給

江戸時代、隅田川には千住大橋、大川橋(吾妻《あづま》橋)、両国橋、新大橋、永代橋の五つの橋しかなかった。主要な交通手段は渡し船。幕府の馬小屋(厩舎)近くに渡船場があったのが御厩の渡しである。

〝現代の隅田川に架かっている厩橋《うまやばし》。これが明治二十六年に架設される前には舟渡しで、俗に〈御厩の渡し〉とよんだ。幕府御米蔵のたちならぶ西岸から東岸の本所へ、大川をわたるこの渡船は一人二文、馬一疋《ぴき》についても二文の渡銭をとったそうな〟

現代地図㉒ 浅草御蔵

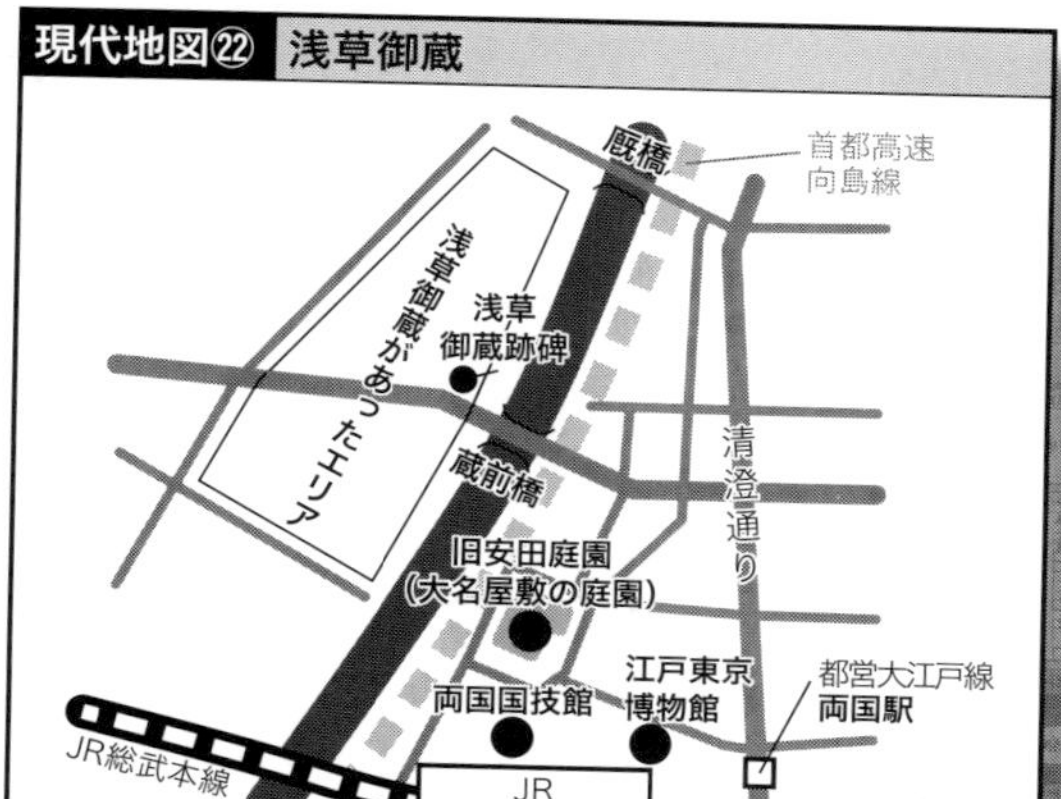

古地図㉒

『江戸切絵図 浅草御蔵前辺図』より

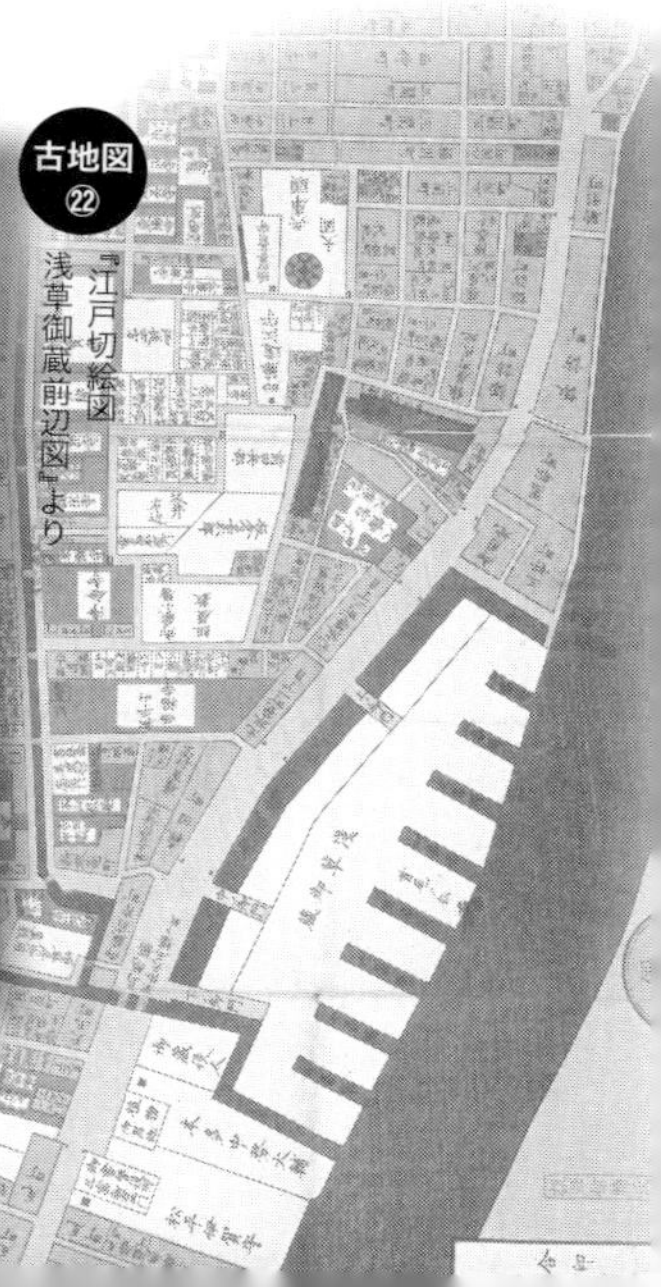

隅田川テラスから厩橋（後方）を望む。対岸に広大な浅草御蔵があった

『鬼平犯科帳』第1巻第4話「浅草・御《お》厩《うまや》河《が》岸《し》」は、渡船場近くの居酒屋から物語がはじまる。亭主の岩五郎は、錠前外しが得意な盗賊上がり。火付盗賊改方の筆頭与力・佐嶋忠介の密偵として働いている。

幕府御米蔵は浅草御蔵《おくら》とも言われた。台東区蔵前の地名に名残をとどめ、現在の蔵前1、2丁目にまたがるコメ貯蔵施設。幕府領から年貢として徴収され、米蔵に蓄えられたコメは江戸城内の消費用に使われ、また幕臣の給与として支給された。幕臣のうち御家人は火盗改方の与力、同心含め約1万7400人。旗本約5200人の中で領地を持たない旗本もここからコメを支給された。

支給は春、夏、冬の年3回。コメの引き取りは長蛇の列。運搬も煩わしい。コメだけでは生活できないから換金も必要だ。そこで札差《ふださし》と呼ばれた代行業者が誕生。やがて給与のコメを担保に融資する金融業者に成長した。

■武士の家計簿

1724年に109人の札差が株仲間を公認され、独占的に営業できるようになった。貸金の利息は当初、年利20％だったのを、南町奉行・大岡忠相が15％に下げるよう命じたが、札差の陳情が激しく18％になった。それでも高利だ。米蔵から給料として支給されるコメは40万石ほどと推計されるので、109人の札差の利息収入の合計は7万2000両(約72億円)、一人あたり6600万円。彼らは歌舞伎役者をまねた衣装を着飾り、札差のファッションが江戸の流行となった。

米蔵をイメージした隅田川テラス

一方、武家の方は悲惨だ。来年、再来年の給与を担保に借金を重ね、返済できずに「10人のうち6、7人が前々の借金のため今年の切米(給料のコメ)が一粒もない」(三田村鳶魚『札差考』）ありさまだった。『武士の家計簿』という映画があったが、借金で生活しているのに、武士のメンツから生活水準を下げられない。そのままでは破綻は目に見えている。そこで恥を忍んで、家計のやり繰りを町人に委任し、月々一定の費用を送ってもらう。これを仕送りと言った。

取り立てが厳しいので、武家と札差の交渉仲介業者も出てきた。こちらはカネに困った浪人のアルバイト。交渉がうまくいかなければ、札差に刀を振り回して脅すこともあったらしい。札差もえげつない。１０９人で談合して担保のコメを相場よりも安く評価して武家に融資する一方で、市中で高く売って利ざやを稼いだ。

長谷川平蔵が火盗改方長官だった１７８９年、幕府は救済策として１７８４年以前の借金を帳消しにし、それ以降の貸金の利息を引き下げさせた。札差が失った債権は１１８万７８００両（１１８７億８０００万円）。借金生活を送っていた火盗改方の与力、同心たちはホッとしたはずだ。

しかしそれもつかの間。札差が反撃に出た。「貸金の不良債権処理が大変なので今後の融資はできません」。貸し渋りである。同心たちの生活は行き詰まり、慌てた幕府は２万両を札差に交付し融資継続を依頼した。今風に言えば、金融機関救済の公的資金投入で政府役人の生活は守られた。

文人として有名だった御家人・大田南畝は借金をせびるサラリーマン武士の悲哀を自虐気味な句に託した。「蚊よ蠅よ　おせびり虫の　やるせなさ」

◆御家人が支給されたコメ

浅草御蔵の敷地は約12万平方メートル。隅田川に面して8本の舟入り堀があった。幕府の領地（天領）から収納されたコメ50万石前後が貯蔵された。対岸の本所、現在の両国国技館、江戸東京博物館のあたりにも米蔵があった。質の高いコメは大奥など江戸城での消費用や、米問屋に売却して幕府の財源にあてたため、御家人が受け取ったコメは古米や質の低いコメだったと言われている。

◆首尾の松

隅田川の蔵前橋の西詰に「首尾の松」の碑とともに松の木が植えられている。江戸当時、浅草御蔵の隅田川沿いに一本の「首尾の松」の大ぶりの枝が川面に張り出していた。名前の由来については、吉原遊郭へ向かう舟の客が、この松の木のたもとで「今夜は大いに楽しめるように」と上首尾を願ったとも、吉原遊郭からの帰りの舟の客が昨夜の首尾を語り合ったとも伝えられている。現在の松は7代目。

首尾の松

二三　賞罰正しく、慈悲心深く、頓知の裁き多し人

【幕府牢屋敷（中央区日本橋小伝馬町3）】

■ 牢屋敷はいまの拘置所

「昼夜怠りなく見回りし、職務に精励したことで世の中は平穏になった。喜ばしいことである」。1789年5月16日付で幕府は火付盗賊改方長官・長谷川平蔵を表彰した。平蔵はこの年の4月、東北から関東一円に出没した広域盗賊団の首領、神道徳次郎と一味を武州《ぶしゅう》大宮（現・さいたま市）で捕らえた。賞状はその功績をたたえるものだったと思われる。

　この盗賊団は「御用」の提灯を掲げ、幕府公用の行列を装って関所を難なく通過。諸国の寺院、農

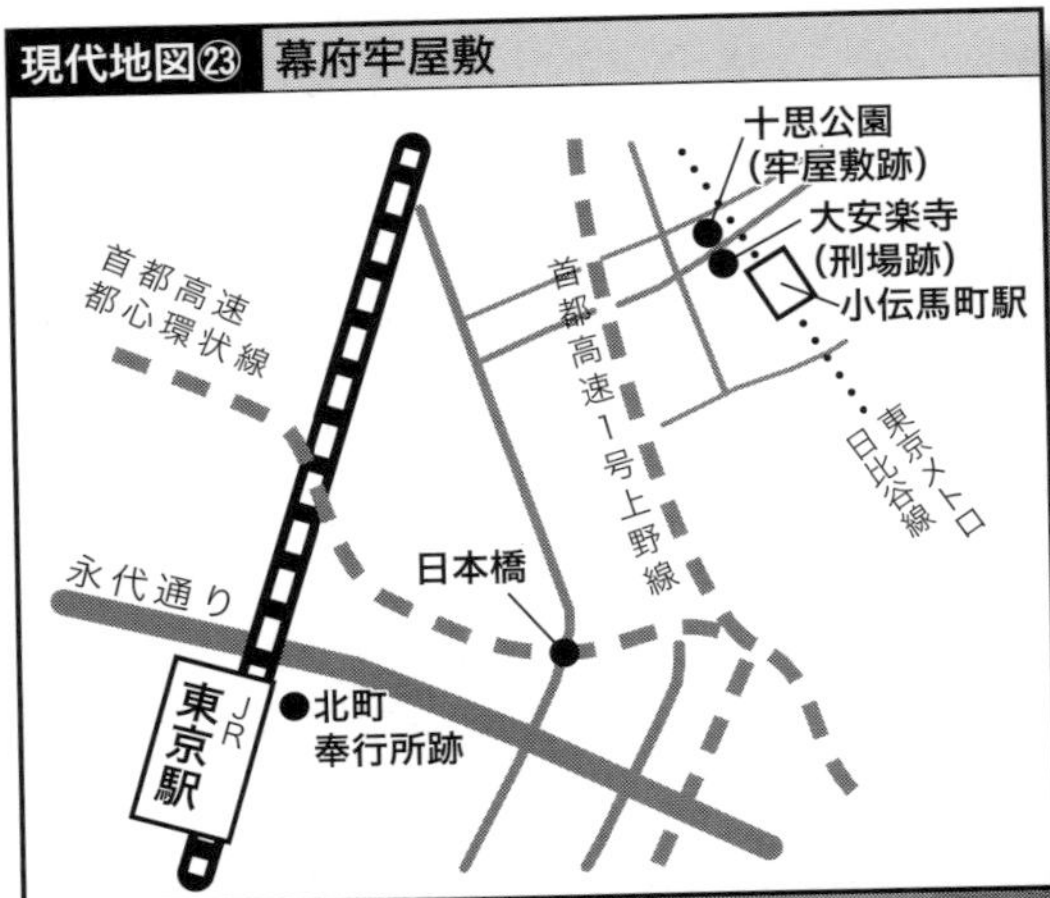

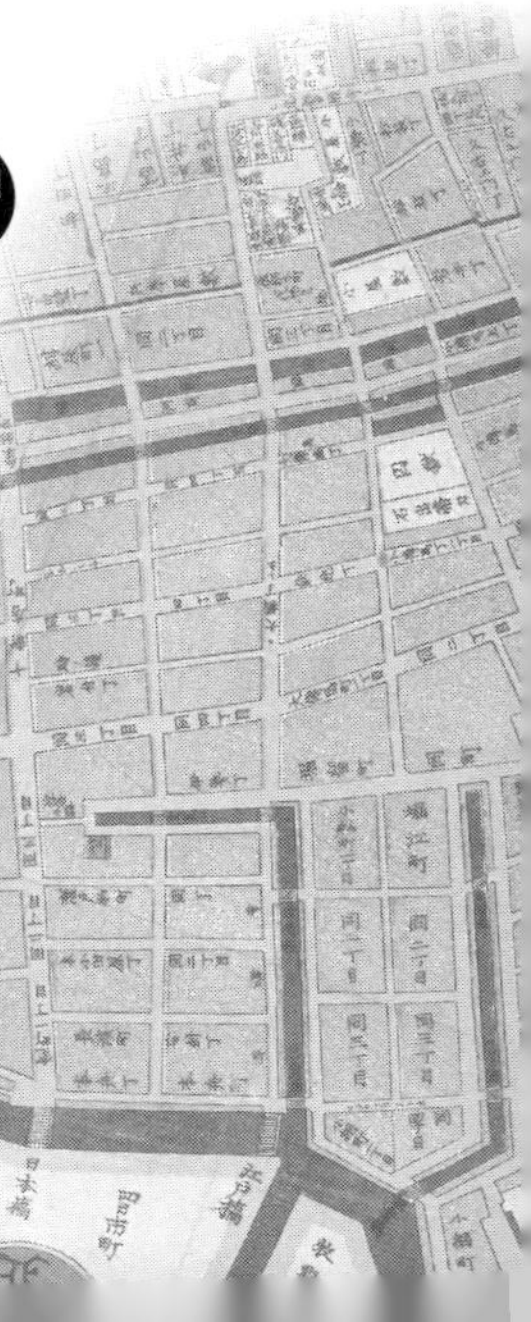

古地図㉓
『江戸切絵図
日本橋北神田浜町絵図』より

幕府牢屋敷があった十思公園。江戸の標準時を告げた「時の鐘」が移築保存されている。後方の大安楽寺は刑場跡に建てられた

家、町家など数百カ所に押し込んだ。抵抗した者は脇差しで刺され殺害された。神道徳次郎は剣の使い手でもあった。『鬼平犯科帳』を地で行く緊迫した張り込み、尾行、捕物が展開されたに違いない。

神道徳次郎は大宮の刑場で死刑になったが、江戸では幕府牢屋敷(中央区日本橋小伝馬《こでんま》町)のほか小塚原(荒川区南千住)、鈴ケ森(品川区南大井)に刑場があった。牢屋敷は逮捕された容疑者や判決を待つ未決囚を収容する施設で、現代の拘置所に近い。

地下鉄日比谷線小伝馬町駅から北西約100メートルにある十思公園(中央区日本橋小伝馬町3)は牢屋敷跡の一部である。当時の石垣も保存されている。安政の大獄で捕縛された吉田松陰は牢屋敷の刑場で死罪にな

幕府牢屋敷内の刑場跡に建てられた大安楽寺に延命地蔵尊

十思公園には吉田松陰の辞世の句碑がある

った。

「身はたとひ 武蔵の野辺に 朽ぬとも 留め置かまし 大和魂」。松陰の辞世の句を刻んだ碑が公園内の一角に建てられている。

■町人による自衛・治安維持組織

1862年から4年間の牢屋敷収容者約1200人の記録が残っている。これを分析した法制史学者、故・平松義郎は「70%は火付盗賊改の扱い分で、江戸の犯罪は窃盗がほとんどではなかったかと思う」と指摘している(『歴史への招待第1巻 実録・鬼平犯科帳』、日本放送出版協会)。牢屋敷には火盗改方、町奉行所など江戸の捜査機関が捕らえた容疑者が送り込まれたが、火盗改方の検挙件数が圧倒的に多かったようだ。

実は江戸では窃盗など現行犯の多くは、町人の手で召し捕られた。「江戸のセクショナリズム!? 火盗改方v.s町奉行所」（44頁）で触れたが、現代の警視庁警察官にあたる町奉行所の同心はわずか24人。江戸八百八町と言われるが、実際には江戸後期になると町数は1680近くに上った。とても手が足りない。これを補完したのが「自身番」である。各町の地主が自身で町を警備したため、その詰め所が自身番と言われたが、後に地主の代わりに土地や建物を管理する人や、長屋の大家たちが交代で昼夜、自身番に詰めた。数カ町で一つの自身番を設けたところもあり、1850年頃には江戸に994カ所あった。

夜間に窃盗犯や不審者を捕らえると自身番に留置し、翌朝見回りに来る同心に引き渡した。自身番の維持管理費は町の負担。留置すると食事代、人件費など経費は余分にかかる。史実の長谷川平蔵は自身番に対して、夜間でも捕らえた者を火盗改方の役宅に連行するようにと伝えていた。町人が役宅で身柄を引き渡すと、当直の同心から茶と煙草をいただき、出前のそばもごちそうになった。町の費用を節約できるし、丁重にもてなされる。「引き渡すのなら町奉行所よりも火盗改方へ」と評判になったらしい。

■ 平蔵が扱った事件の記録

小説では大盗賊を次々と召し捕り、裁きにかける平蔵であるが、実際には司法権限は限られていた。判決にあたっては老中に「これでよろしいか」とお伺いしなければならず、老中の司法担当書記官（奥右筆《おくゆうひつ》）が過去の判例などに照らし合わせてチェックした。

平蔵がお伺いした事件のうち約200件が幕府の判例集『御仕置例類集』に収録されている。窃盗、博奕、盗品の売買など小説ネタにならない事件がほとんどだ。とはいえ、10両（約100万円）以上の盗み、不義密通が死刑になった厳罰主義の時代である。

呉服屋の奉公人をだまして商品の呉服を奪い、質入れして6両余を飲食代金にあてた事件では、平蔵は「敲《たた》き（ムチで50回たたく）」との判決案を老中に提出したが、裁決は財物をだまし取ったのは不届きで死罪。判例集では平蔵は寛大な処罰を求めたものの、老中の段階で覆され、量刑が重くなったケースが散見される。

〝人というものは、はじめから悪の道を知っているわけではない。何かの拍子で、小さな悪事を起してしまい、それを世間の目にふれさせぬため、また、つぎの悪事をする。そして、これを隠そうとして、さらに大きな悪の道へ踏み込んでいくものなのだ〟（第13巻第2話「殺しの波紋」）

小説上の平蔵は捕らえた者の境遇に目を向けているが、史実の平蔵もそんな思いで被疑者に接していたのだろう。

第11巻第5話「密告」に登場する盗賊の頭・伏屋の紋蔵は、押し入った商家で強盗殺人を重ねた極悪非道な男だが、彼の不幸な生い立ちを知った平蔵は、真摯に紋蔵に向き合い、最後は犯した罪を悔い改めさせた。死刑執行の前日、平蔵は「五鉄」から取り寄せた軍鶏鍋と酒を振る舞う。紋蔵と別れた平蔵は妻の久栄にこう語りかける。

〝紋蔵は、わずかなところで道を踏み外した。これはおそらく、仲間が悪かったのであろう。紋蔵というやつ、つまるところは気の弱い男なのだ。なればこそ、畜生ばたらきをし、血のにおいに噎《むせ》ぶのだ。真に強い男なら、悪い取り巻きのいうままにはならぬものさ〟

江戸の随筆『わすれのこり』に小説を彷彿とさせる平蔵評が記されている。「賞罰正しく、慈悲心深く、頓智の裁き多し」

◆死刑が多かった江戸

江戸時代を通じた犯罪・司法統計はないが、1862年から4年間の牢屋敷収容者の統計では死刑判決は427人。この間、収容者は約1200人で単純計算すれば逮捕された者の35・6%が死刑になった。江戸時代後期のルポルタージュ『世事見聞録』は、江戸での年間の刑死者は300人に上ると記述している。10両以上の盗みは死罪と定められていたが、後に被害届を故意に10両未満にして、厳罰を回避することも多かったという。

二四 犯罪被害者に配慮 秘密を胸に…

【藤堂和泉守上屋敷跡（千代田区神田和泉町1）】

■上屋敷跡のアーケード

「日本で2番目に古い商店街」。アーケードの看板が誇らしげだ。都営大江戸線新《しん》御《お》徒町《かちまち》駅近くの佐竹商店街。秋田藩佐竹家の上屋敷跡に1898年、殿様の「佐竹」の姓を冠した商店街組合が設立された。約330メートルのアーケードは上屋敷の南北を結ぶ長さにあたる。

江戸伝統の風鈴を製作、販売する「篠原まるよし風鈴」店主、篠原正義さんは「商店街を歩けば大名屋敷の大きさを実感できます。周辺に稲荷神社が多いのも大名家が国元から稲荷を屋敷に勧請し

現代地図㉔ 藤堂和泉守上屋敷跡

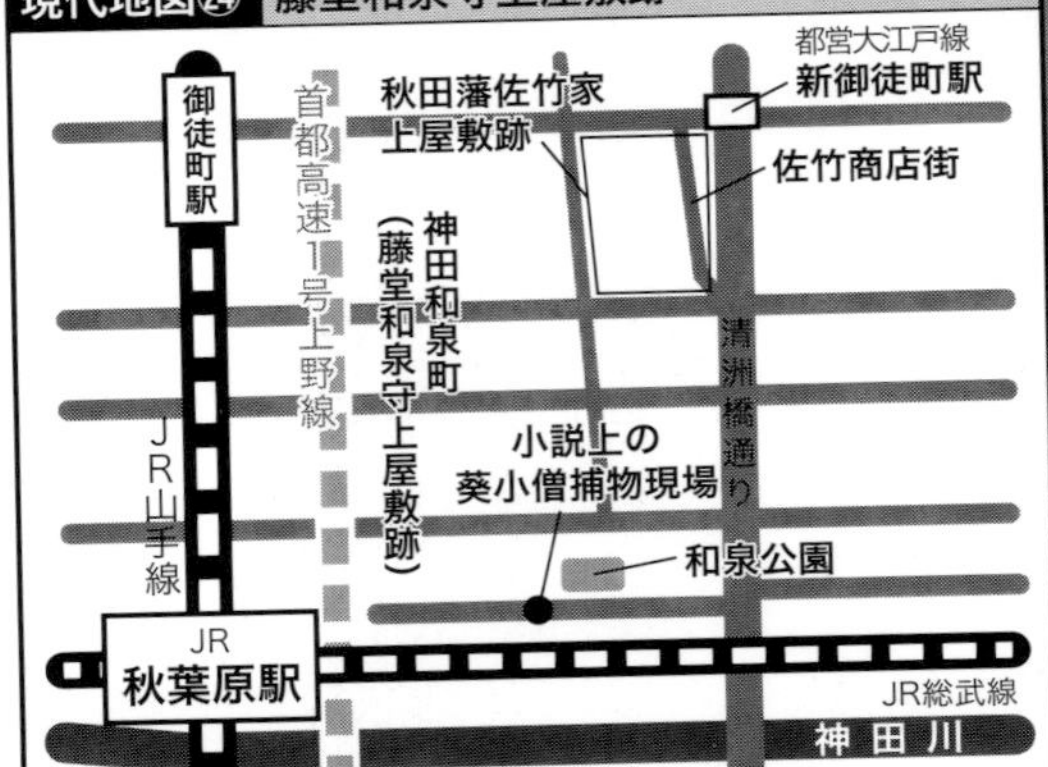

古地図㉔

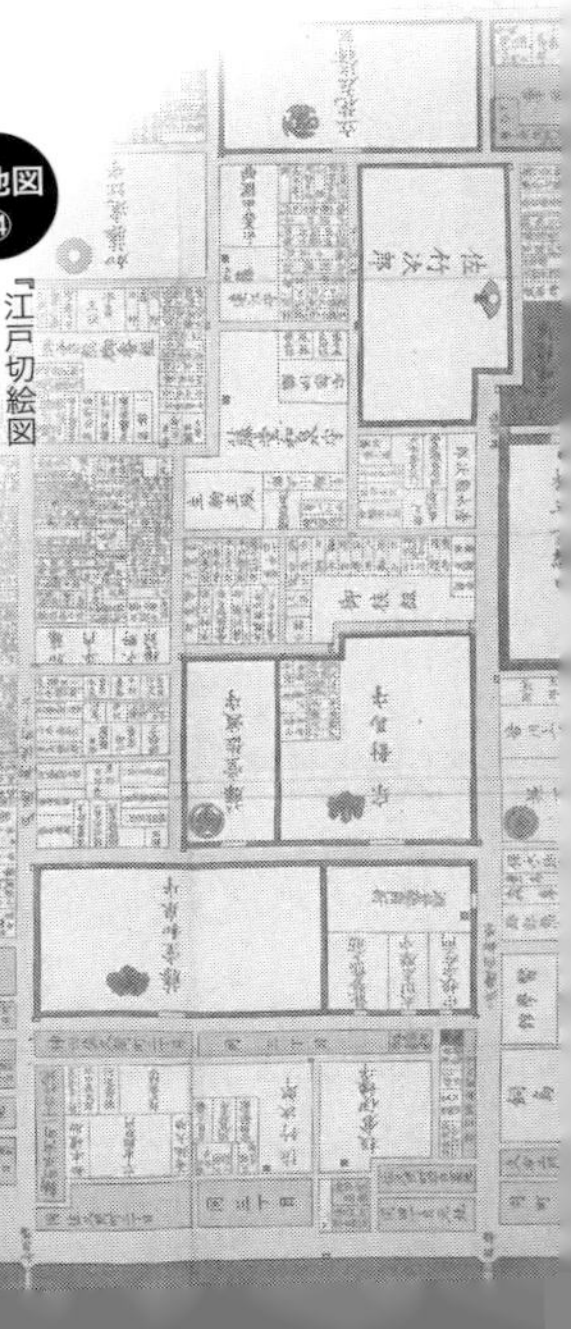

『江戸切絵図 下谷絵図』より

秋田藩佐竹家の上屋敷跡を貫く佐竹商店街。明治初年に見世物小屋、寄席、飲食店などが建ち並び、商店街を形成した

たもので、大名屋敷が多かった名残です」と商店街の歩き方を教えてくれた。商店街事務局には、江戸当時の名所や稲荷神社の地図がある。

　お稲荷さん巡りをしながら南へ向かう。目指すは神田和泉町（千代田区）。伊勢津藩主・藤堂和泉守《とうどういずみのかみ》の上屋敷跡がそのまま町になり、和泉守の官職を町名に残している。『鬼平犯科帳』第2巻第4話で火付盗賊改方長官・長谷川平蔵と配下の与力、同心が葵小僧を捕らえ、17人を斬り捨てたのが、藤堂家の上屋敷前の路上である。

■ 卑劣な強盗・婦女暴行事件

　葵小僧は実在した盗賊だ。時は1791年4月。徳川家の葵紋の提灯を掲げ、駕籠に乗って供の侍を従え、押し込み強盗を繰り返した。金品を強奪し、押し込み先の商家の妻、娘や奉公人の女性を乱暴した。江戸考証家・三田村鳶魚の『泥坊の話』によると、幕府は常備軍の先手組を総動員し、軍事力で治安維持にあたる戒厳令を敷いた。史実でも平蔵が葵小僧を逮捕した。

しかし、葵小僧は同年5月3日に処刑されたと伝えられている以外、記録はほとんど残っていない。三田村鳶魚は「長谷川平蔵の取り計らいだと思う」と指摘する。要点はこうだ。葵小僧は押し入った商家で乱暴した女性たちのことを得意げに供述した。被害者から調書を取らねばならないが、事件を思い出させるのは忍びない。平蔵は幕府に相談して取り調べを打ち切って結審し、尋問の記録も残さず、葵小僧は逮捕から10日ほどで処刑された。死刑判決としては、江戸最速の一件落着だったと言われている。

〝お前がな、油紙へ火のついたようにぺらぺらとしゃべりまくった気の毒な女たちのことは、この場かぎり、おれの胸の中へしまいこんで他にはもらさぬ〟

小説の平蔵も役者上がりの葵小僧にそう通告して断罪。被害者保護に徹している。この種の事件は、家族の体面を保つため届け出ないケースも多い。小説で発覚したのは9件だが、葵小僧は乱暴した女性を世に明らかにして、恥をかかせようと三十数件の犯行を詳細に自供している。

藤堂和泉守の上屋敷跡の一部「和泉公園」。『鬼平犯科帳』では、後方のビルの前で長谷川平蔵率いる火付盗賊改方の与力、同心が葵小僧らを急襲した

平蔵は、この事件で苦い思いをしている。葵小僧に襲われ、世間体から被害届を出していなかった日本橋の文房具店の女将・お千代のことだ。隅田川に身投げしようとしているところに、平蔵が声をかけて自殺を思い留めさせる。

〝死ぬつもりか、それはいけない。どうしても死にたいのなら、一年後にしてごらん。一年も経てば、すべてが変ってくる。人間にとって時のながれほど強い味方はないものだ〟

お千代は平蔵を信頼して、我が身に起きたこと、葵小僧の特徴を語る。大丈夫だと安心した平蔵だが、後日、お千代と夫が心中したとの知らせを受け、愕然とする。

それから何年たっても、平蔵の脳裏から

この事件は消えず、第18巻第3巻「蛇苺」の中で「わしが捕えた盗賊どもの中で、いまもって憎い奴は、彼奴めだ」と葵小僧に憤慨している。

■ 松平定信が記録した葵小僧

老中首座・松平定信は自伝『宇下人言《うげのひとごと》』で1791年夏ごろの出来事として、江戸のあちこちに「盗妖」が出没したと記し、江戸の緊迫した状況を書いている。現代語訳で要約するとこんな内容だ。

「一晩に何軒もの家に賊が押し入った。江戸の町では犬が吠えると、盗賊が出たと思い込み、半鐘が打ち鳴らされ、その鐘の音でまた騒ぎになり、眠れぬ夜が続いた。世間のうわさがあれこれ言い立てられ、人情が安らかでないのは希有のことだ。そのうちに長谷川なにかしが大松五郎という男を捕らえた。この男は1、2カ月の間に五十数カ所も押し入り、人を殺したり、脅したりして盗み取っていた」

時期と状況から葵小僧＝大松五郎である。定信は博奕御法度が徹底された結果、博徒が困窮して盗賊になっているので、博徒をどんどん摘発することを、この事件後に幕閣で決めたと指摘し、その結果盗賊は少なくなったとも書いている。つまり大松五郎は博徒だと示唆している。しかも、彼の単独犯行だと強調している。

となると、葵紋の行列は何だったのだろう。世情、穏やかでなかったと定信は書いているから、江戸の庶民たちは「葵小僧の正体、実は……」とささやき合っていたに違いない。わざわざ、博徒がカネに困って……なんて老中首座、いまで言うと総理大臣が自伝に残すのだろうか。審理打ち切りの処刑、記録なし、単独犯行を強調する定信……。どうも裏がありそうだ。

葵小僧を扱った時代小説に『じぶくり伝兵衛 重蔵始末(二)』(逢坂剛著、講談社文庫)がある。火盗改方与力として葵小僧探索に加わり、後に探検家として有名になった近藤重蔵《じゅうぞう》(1771~1829年)が主人公だ。葵小僧の正体を含めて記録がない背景を、徳川家一門を守るための幕府の隠蔽工作との視点でスリリングに描いている。葵小僧の謎は深い。

◆御徒町

JR、地下鉄の駅名に名残をとどめる御徒町は、徳川将軍の行列の先導を務めた御家人「御徒」の組屋敷(官舎)があったことにちなむ。20組(1組約30人)の組屋敷があった。御徒の御家人が内職で朝顔を栽培し、さまざまな変化朝顔を生み出した。周辺で朝顔市が人気となり、毎年夏に開催される「入谷朝顔まつり」もその一つだ。JR御徒町駅周辺に宝飾店が多いが、江戸時代に寛永寺、浅草寺など寺院向けの仏具の貴金属を扱う飾り職人が多く暮らしていたことが、ルーツといわれる。

㉕ 理想の上司の嘆き

【愛宕山・男坂（港区愛宕1）】

■日本一の馬術の名人と「出世の石段」

見上げたり、振り返ったりすると足がすくむ。足元に視線を集中させて石段を上る。それでも腰が引ける。自然の山としては東京23区内でもっとも高い愛宕山（標高25・7メートル）。頂きの愛宕神社に通じる石段「男坂」の傾斜角は40度近い。

1634年、丸亀《まるがめ》藩（香川県）の藩士、曲垣《まがき》平九《へいく》郎《ろう》が馬に乗って石段を駆け上がった。三代将軍・徳川家光から「日本一の馬術の名人」と称賛された平九郎は、出世街道を進んだとの言い伝えから「出世の石段」とも呼ばれる。

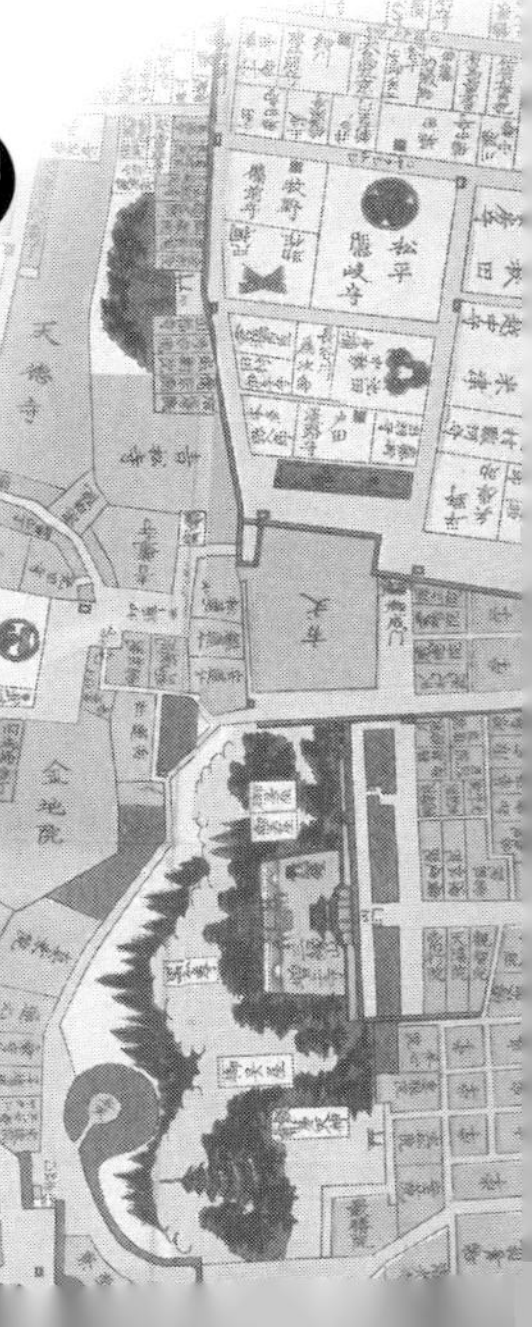
古地図㉕
『江戸切絵図 芝愛宕下絵図』より

愛宕山の男坂（出世の石段）。上から見ると足が震える

『鬼平犯科帳』第10巻第6話「消えた男」では、火付盗賊改方の筆頭与力・佐嶋忠介が愛宕神社参詣のため男坂にさしかかろうとした所で、かつての部下で商人姿の高松繁太郎と出会う。8年ぶりの再会だ。

2人は長谷川平蔵の前任の火盗改方長官、堀帯刀《たてわき》配下の与力と同心だった。火盗改方長官は、労多くして得るところの少ない役職である。40人扶持の役職手当がある。年間720万円ほど。これで部下や密偵の捜査費用、種々の経費はまかないきれず、私財を投入しなくては務まらない役職だった。「持ち出し勤め」と言われたほどだ。

堀は早く人事異動で転出したいと願っていた「やる気のない」長官。捜査費用は出してくれない。高松は博奕で費用を捻出してきたが、もはや限界。盗賊団をあと一歩まで追い詰めたところで、カネが尽きた。佐嶋が堀に頭を下げて捜査費用を出してくれるよう頼んだが、ダメだった。高松は愛想を尽かして侍の身分を捨てて出奔。一方の佐嶋は後任の長官・長谷川平蔵に請われて火盗改方にとどまった。

■理想の上司のために再出発

佐嶋は芝神明宮（芝大神宮）門前の料理屋に高松を誘い、近況を語り合う。佐嶋は平蔵の素晴らしさを熱っぽく語った。

〝あの事件、この事件。そのたびに発揮される平蔵のちからと、部下をはじめ盗賊たちにまでおよぶ深い思い遣り。私財をかたむけつくして探索の費用に当てているいさぎよさ……〟

佐嶋の話に魅了された高松は、火盗改方の

愛宕神社

密偵として再出発するのだが……。

『鬼平犯科帳』が描く堀帯刀は手厳しい。「無能のため、盗賊改方・長官を解任された人物」(第9巻第7話「狐雨」)。平蔵が昼夜、市中見回りに励むのに対して「堀帯刀などは、たとえ日中でも、浪人姿の微行見廻りなど、一度もしたことがなかった」(第22巻特別長編「迷路」)。

史実の堀帯刀は家禄1500石の高級旗本だが、小説では500石に格下げされている。旗本らの評判を記した『よしの冊子』には、堀帯刀が「金繰りに困っている」とか、「信頼されず、出勤しない部下もいる」と書いているから、小説はあながち虚構とも言えまい。

■ 同僚には不人気だった?

一方で『よしの冊子』には、平蔵が火盗改方長官になったことについて、堀帯刀は「長谷川平蔵のような者をどうして加役(長官)に仰せ付けたのか」と快く思っていない記述もある。『よしの冊子』に描かれる平蔵は庶民には抜群の人気があるのに、同僚旗本の平蔵評はさんざんだ。

約5200人いた旗本のうち役職に就けない者が約40%いた。役職に就くと出世のため競争相手の悪評を上司に吹き込み、足の引っ張り合いも多かった。

「どれだけ仕事に励んでも、上役から声がかからない。もう俺も力が抜け果てた。酒ばかり飲んで死ぬことになるのだろう」

佐嶋と高松にとって理想の上司の平蔵は出世できないわが身を嘆いたと『よしの冊子』に記載されている。

平蔵は火盗改方の歴代長官の中で最長の8年間もお役目を務め、在職中にこの世を去った。持ち出しも相当な金額になっただろう。余人をもって代え難かったのか、あるいは同僚旗本らのねたみを買い、「出るくいは打たれる」対象だったのか。

◆愛宕山

1868年3月、勝海舟が西郷隆盛を愛宕山に誘い、江戸の町々を見渡して「焼け野原になるのでしょうか」と問いかけ、西郷に江戸城無血開城を決断させた。その8年前の「桜田門外の変」では水戸藩の浪士たちがここに集合して江戸城に向かい、大老・井伊直弼を襲撃した。『鬼平犯科帳』では「消えた男」の他、「座頭と猿」(第1巻第7話)、「妙義の団《だん》右衛《え》門《もん》」(第19巻第2話)の舞台として愛宕山の情景が描かれている。男坂の右に勾配の緩やかな女坂がある。NHKのラジオ本放送が1925年に愛宕山ではじまった。現在はNHK放送博物館がある。

㉖『鬼平犯科帳』と『剣客商売』ヒーローたちの出会い

【九段の剣術道場（千代田区九段北1）】

■ 平蔵が食べたおでんの味

〝秋から春にかけて……。清水門外の火付盗賊改方・役宅からも程近い九段坂下に、雨や雪がひどいときでないかぎり、毎夜のごとく葭簀《よしず》張りの居酒屋が出る。（中略）売り物は燗酒に、いわゆるおでん……といっても、当時はまだ、いろいろな種を煮込んだおでんはあらわれていない。豆腐と蒟蒻を熱した大きな石の上で焼き、柚子味噌をつけて出す田楽。これが、おでんのはじまりだったのである〟

『鬼平犯科帳』第11巻第5話「密告」は、火盗改方

現代地図㉖ 九段の剣術道場

古地図㉖ 『江戸切絵図 駿河台小川町絵図』より

に勤務する与力、同心たちが仕事帰りに立ち寄る居酒屋の情景から物語がはじまる。小説上の居酒屋なのだが、どのあたりにあったのだろう？

鬼平犯科帳は１７９０年前後の江戸が舞台だが、住宅地図のような詳細な『江戸切絵図』が普及したのは１８４０年代半ば以降のことだ。池波正太郎が小説に投影している街並みも『江戸切絵図』をベースにしている。私が江戸歴史散歩で使う地図は１８５６年当時の江戸。これをもとに清水門から内堀通りに出て、九段坂下にある地下鉄九段下駅方向に歩く。

いまの昭和館がある区画には蕃書調所《ばんしょしらべしょ》があった。西洋の近代技術を研究する幕府の施設で砲術、造船、兵学、航海など軍事技術を中心に習得した。外国の新聞も翻訳したほか、幕臣向けに外国語や物理、数学なども教えた。内堀通りを挟んで蕃書調所の反対側、いまの九段下交差点周辺には旗本の武家屋敷が並んでいる。

小説の雰囲気を古地図に落とし込むと、居酒屋が出ていたのは旗本・井関家の屋敷近くの路上あたりか。井関家は代々、将軍の側近くに仕えたエリート旗本である。

■ 旗本妻の井戸端ジャーナリズム

井関親興《ちかおき》の妻だった隆子《たかこ》（1785〜1844年）は、身辺雑感をつづった日記を残している。すごいのは、幕府が伏せていた十一代将軍・徳川家斉死去の情報をいち早く入手していることだ。幕府の公式記録『続徳川実紀』は、家斉が1841年1月30日に死去したと記しているが、隆子の日記は1月7日。江戸城中枢に勤務していた息子から極秘情報を入手していた。大奥の火事、幕府の徹底した倹約政策への批判から、最近は息子が酒を飲ませてくれないという愚痴まで、日記にはオバサンジャーナリズムの極意が詰まっている。

火盗改方の役人たちが、あれこれ愚痴やら手柄話を語り合った居酒屋と、情報収集に余念がなかった井関隆子の屋敷。ほぼ同じ場所にあったというのは、どこか因縁めいて面白い。こんな発見も、小説と史実を絡み合わせる古地図散歩の醍醐味である。隆子に興味のある方には『旗本夫人が見た江戸のたそがれ　井関隆子のエスプリ日記』(深沢秋男　著、文春新書)をお勧めしたい。

■「無外流」と無欲恬淡の辻平内

九段坂の北にある元飯田町(千代田区九段北1)は新選組三番隊組長で無外流《むがいりゅう》の使い手と伝えられる斎藤一《はじめ》の生誕地。偶然ではあるが、すぐ近くに江戸無外流道場「龍正館」がある。『鬼平犯科帳』と並ぶ池波正太郎の代表作『剣客商売』の秋山小兵衛《こへえ》、大治郎親子も無外流だ。

「『剣客商売』を読んだ時は驚きました。小説で描かれている秋山父子の居合術、剣術はまさしく江戸無外流。池波さんは相当に研究されていて、剣術を学んでいなければ書けない描写が随所にあります」

そう語るのは、龍正館館長で江戸無外流居合兵法宗家、坂口龍凰さん。無外流とは？

『剣客商売』第1巻第2話「剣の誓約」にある説明がわかりやすい。

〝そもそも〈無外流〉の剣法を創始したのは、近江・甲賀郡馬杉村の出身で、辻平内《へいない》という人物である。平内はのちに〈月丹《げったん》〉と号した。くわしい経歴は不明である。辻平内は、無欲恬淡の奇人であって、門人から金品を受けず、したがって困窮はなはだしく〟

『剣客商売』に描写された秋山小兵衛、大治郎親子の剣術を再現する坂口龍凰さん。千代田区九段北1の「龍正館」で

坂口さんによると、辻月丹は普段からあまりにみすぼらしい衣服だったので、見かねた門人たちがカネを出し合って着物を渡そうとしたが、突き返したという。「武道を志す者はハングリーでなければならない。剣術道場の経営は大変だったのです。いまもそうですが……」。

江戸無外流は、土佐藩山内家の江戸藩邸で藩士たちが学んだ剣術。幕末になって参勤交代がなくなり、政治の主舞台が江戸から京都に移ったために土佐藩邸の江戸無外流はいったん途絶えた。坂口さんはそれを継承している。

山本周五郎原作の映画『雨あがる』（2000年）で寺尾

聡《あきら》さんが演じる主人公の浪人、三沢伊兵衛も無外流の剣術家だ。

『鬼平犯科帳』第20巻第7話「寺尾の治兵衛」では、平蔵が若い頃、老中・田沼意次《おきつぐ》の下屋敷で行われた剣術試合を回想する場面があるが、その時の審判が〝**無外流の名人・秋山小兵衛先生**〟。平蔵は一刀流の遣い手であるが、小兵衛と面識があった。『剣客商売』は田沼時代。史実の平蔵が先手弓組頭になったのも田沼時代。接点があってもおかしくない。

火盗改方の役宅で一言触れておきたい。役宅は長官に任命された旗本の私邸に設けられ、長谷川平蔵の場合、本所(墨田区)に役宅があった。清水門外の役宅は小説上の設定なのだが、江戸の土地の変遷を編集した『東京市史稿』市街編第41巻にこんな記述がある。

「天保十四年 清水門外 内藤伝十郎屋敷跡へ、火付盗賊改御役宅が出来る」。平蔵死去から48年後の1843年、幕府公設の火盗改方役宅が清水門外に誕生した。間もなく廃止されたが、清水門外の役宅は実在したのである。

◆九段坂

江戸時代は九層の石段になっていたと伝えられ、坂に沿って幕府の御用屋敷の長屋が九段に連なって建てられていた。このため道沿いの屋敷は「九段屋敷」と言われた。1830年代刊行の『江戸名所図会』にも幅の広い階段状の九段坂が描かれている。このため荷車の通行には向かず、北側の中坂がメインルートだった。九段坂は整備されて、江戸当時よりも勾配は緩やかになったが、中坂と北側のモチノキ坂は江戸当時の坂道の雰囲気を味わえる。

㉗ 家臣も酒でつい饒舌、幕府の人事がうわさの的

【江戸城大手門（千代田区千代田1）】

■平蔵、「書院番」時代の気配り

〃それは、ずいぶん、むかしのことになる。安永四年の早春のことだから、長谷川平蔵は三十歳になったばかりで、当時は、西ノ丸・書院番という御役目についていた〃

『鬼平犯科帳』第23巻特別長編「炎の色　盗みの季節」は、平蔵が江戸城西の丸勤務当時を回想する場面からはじまる。安永4年は西暦1775年。

西の丸は大御所（隠居した前将軍）や将軍世子《せいし》が暮らす所。書院番は警護隊。史実の平蔵は1774年、29歳で西の丸書院番に入った。当時の平蔵に

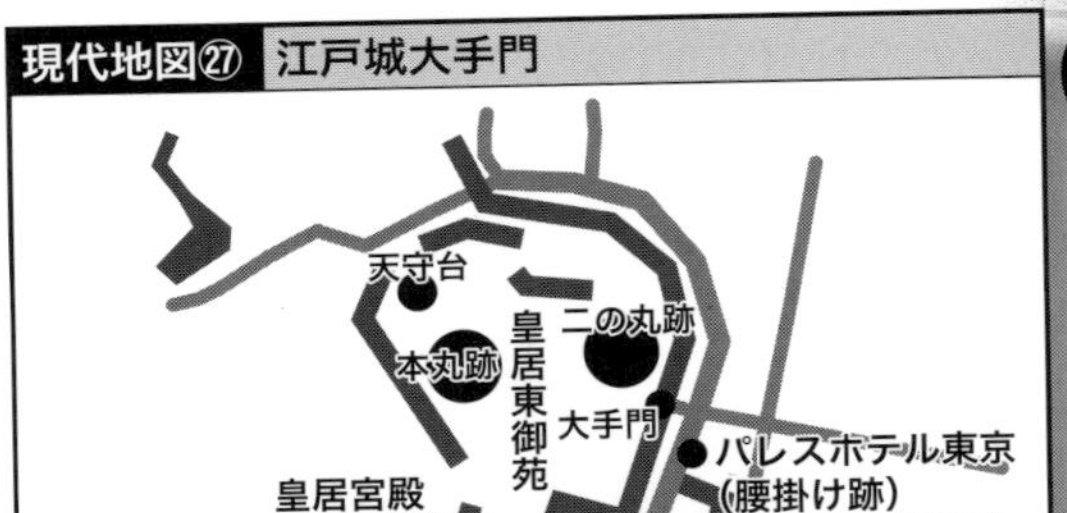

古地図㉗
『江戸切絵図 御江戸大名小路絵図』より

ついて面白い逸話が残されている。

ある日、神田周辺で火事が起きた。平蔵は上司に欠勤届を出して、妻に「夜食の準備をしておくように」と伝えて、神田門近くの老中・田沼意次の上屋敷へ。「延焼の危険があります。私が先導しますのでついて来てください」と、意次の家族や奉公人らを引率して田沼家下屋敷へ引率避難させた。やがて高級菓子が届いた。平蔵が抜かりなく和菓子屋に手配していたものだ。長谷川家が用意した夜食も振る舞われた。意次は家族から平蔵の手回しの良さを聞き、感服したという。

旗本らの評判を記した『よしの冊子』などに伝えられている。時の権力者である田沼意次に気に入られたのか、平蔵はほどなくして武官の旗本の役職として最高位の先手組頭に抜てきされた。

■先輩を立てる難しさ

とはいえ、あまり目立つのも危険だ。1823年、西の丸書院番の控室で事件が起きた。33歳だった書院番士の松平外記《げき》が同僚3人を殺害。2人に重軽傷を負わせ、自害した。

事の発端は、将軍の鷹狩りにあたって松平が書院番の同僚を指揮する役目を仰せつかったことだ。松平は書院番の中で席次は低い。大抜てきだが、古参の同僚らは面白くない。

職場で松平の悪口を言い、鷹狩りの準備を打ち合わせる会議にも無断欠席した。さらには松平の昼食用の弁当に馬糞を入れるといった陰湿ないじめが続き、ついに松平がキレてしまったのだ。

こんなことにならないように先輩の顔を立てることも江戸城勤務の心得。新しい職場に異動すると酒宴を開き、先輩を接待した。手土産の品が老舗の高級なものでなければ、嫌味を言われた。借金して接待費用を捻出したという話もある。

書院番には宿直勤務もあり、夕食と朝食は支給される。だが幕府は「弁当を持参してもいいが、上司や同僚に振る舞ってはいけない」との通達を出したというから、新参の武士は豪華弁当を用意するのが常だったのだろう。先輩への気配りは大変だった。平蔵はうまく切り抜けてきたに違いない。

■ 人事のうわさ、なぜ「下馬評」という？

人事をうわさすることを「下馬評」というが、語源は江戸城にある。参勤交代で江戸に滞在する大名は定期的に江戸城に一斉登城した。随行の家臣たちは大手門前の広場で待機しなければならない。全国約270の大名家のほぼ半数の大名の家臣たちが広場に集う。人が集まるとうわさ話に興じるのは世の常。特に幕府の人事情報は関心の的だ。広場には

旧江戸城大手門。門前の広場に待機した家臣らが人事情報を交換し合った

「下馬」という立て札があり、その周囲でうわさ話をしたので「下馬評」と言われた。

明治中期の『朝野《ちょうや》新聞』の連載記事「徳川制度」によると、下馬評は結構当たったらしい。ある藩が内密にしていた不祥事も漏れた。大名など武家にかかわる事項は町奉行所の管轄外だが、情報収集はしておこうと広場に同心を派遣した。

古地図には大手門の広場に「腰掛け」が描かれている。ここが下馬評の主舞台。家臣団目当ての屋台も出て、酒肴で口は一層滑らかになった。腰掛けがあった場所は現在、パレスホテル東京になっている。いまもラウンジで下馬評がささやかれているのかもしれない。

◆西の丸勤務時代の平蔵

平蔵の江戸城西の丸勤務は１７７４年～86年の12年間。この間に大名や旗本から江戸城に届けられる献上品を扱う、進物番《しんもつばん》という応接役も務めた。進物番は儀式などで人前に出ることが多い。礼儀作法がしっかりしていて、男前でなければ務まらない役目と言われていた。その後、歩兵隊を率いる西の丸徒頭に昇進し、86年に先手組頭に就任した。経歴から推測すれば、平蔵はイケメンで礼儀正しく、武勇の誉れ高い軍人というところだろうか。

㉘ 交番の役割を果たした辻番 意外と頼りにならない？

【汐留の辻番所（港区東新橋1）】

■三大名の屋敷跡は鉄道インフラの要所に

「汽笛一声　新橋を……」。親から教えてもらった鉄道唱歌の一番はいまも口ずさめる。東京を起点として1872年に横浜まで列車を走らせた新橋駅（旧駅。現在の山手線新橋駅ではない）はその後、汐留《しおどめ》貨物駅となり、国鉄の分割民営化に伴い廃止された。いまは再開発都市「汐留シオサイト」として高層ビルが建ち並び、レストラン街、イタリア風の街並みがあり、おしゃれな雰囲気だ。

歴史をさかのぼれば、この区域の大半は竜野藩（兵庫県）脇坂《わきざか》家、仙台藩（宮城県）伊達家、会津藩（福

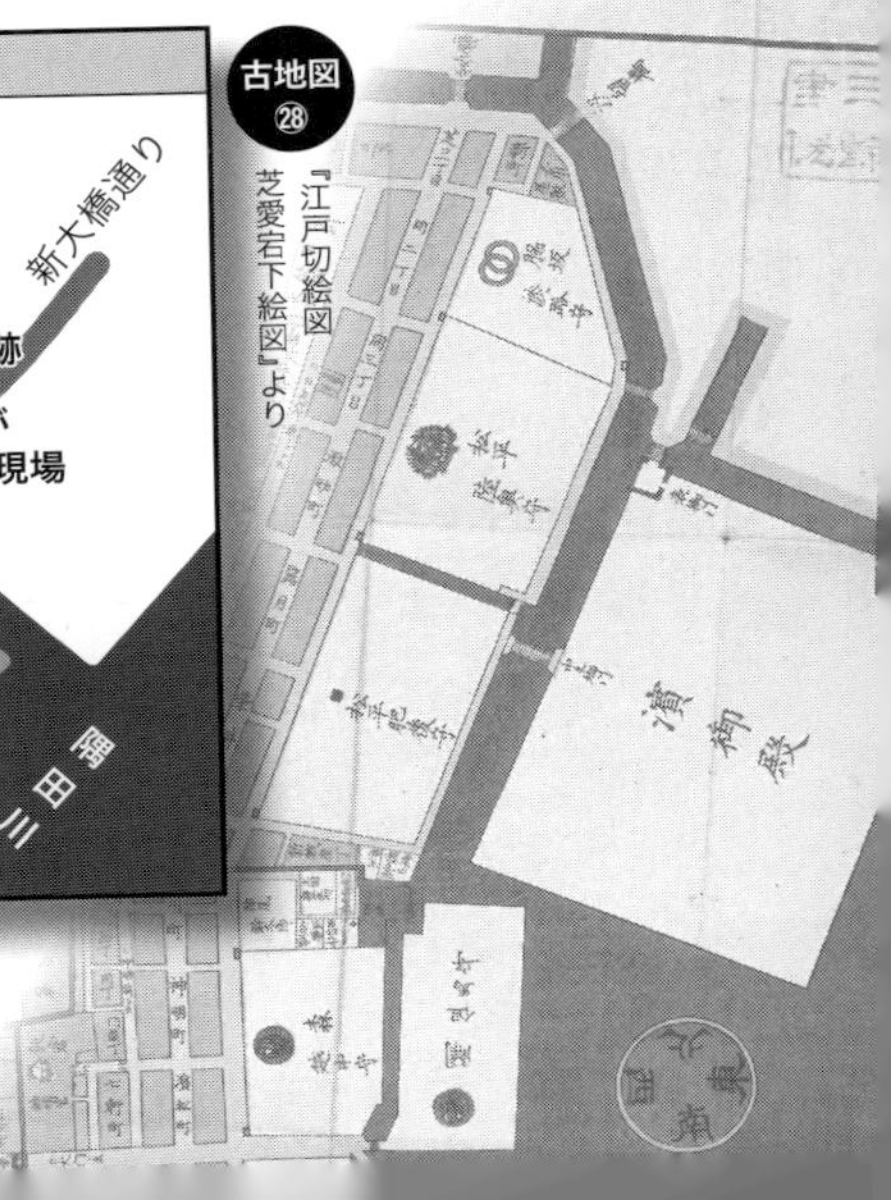

古地図㉘
『江戸切絵図　芝愛宕下絵図』より

島県）松平家の三つの大名家の屋敷が占めていた。３屋敷合わせた敷地面積は21ヘクタール。近代国家に向けた鉄道インフラ整備の大事業が、三つの大名屋敷の跡地で可能だったとは、いかに大名屋敷が広大なものであったか驚かされる。

■「桜田門外の変」で、辻番は…？

〝なまあたたかく、しめった闇に汐の香がただよっている。星もない空のどこかで、春雷が鳴った。長谷川平蔵は、一種、名状しがたい妙な気配を背後に感じて立ち止まった〟

『鬼平犯科帳』第１巻第６話「暗剣白梅香《あんけんはくばいこう》」は、汐留を歩く平蔵が突然、刺客に襲われる場面から物語がはじまる。大名屋敷の塀が長々と続く、人影がまったく絶えた道である。〝辻番所も、汐留橋に近い脇坂屋敷のあたりまで行かぬと無いのだ。右側は、汐留川をへだてた浜御殿の宏大な森で、川のながれは浜御殿の東面から江戸湾へそそいでいる〟

小説で長谷川平蔵が刺客に襲われた現場付近。左は浜離宮恩賜庭園、右の首都高から向こう側に仙台藩、会津藩の広大な屋敷があった

辻番所とは、大名や旗本の武家屋敷の一角に設けられた警備員詰め所。町人が暮らす町には自身番所(番屋)があったが、辻番所は武家地に設けられた。辻斬り強盗の取り締まりが当初の目的で、24時間体制で辻番という番人が勤務。やがて、不審者の警戒、けんかの仲裁、落とし物の取り扱い、迷子や酔っぱらいの保護など仕事が増えた。いまの交番業務そのものに近い。その数、江戸には900近くあった。番人の辻番は長い棒を手にして警備し、不審者が逃走すると棒を足元めがけて投げて、転倒させた。

辻番は大名や旗本の家来が担当し、旗本屋敷の辻番の場合、昼2人、夜4人の体制。もっとも、一つの旗本家では家来のやり繰りがつかず、複数の旗本で家来を融通し合った。これを組合辻番所と言った。それでも辻番所の運営は大きな負担になってくる。やがて民間に請け負わせるようになった。武芸の心得のある者を雇うのがスジだが、安い料金で請負業者に発注しているからそうもいかない。

「辻番は　生きた親父の　捨てどころ」。ブラックユーモアじみた江戸の川柳がある。辻番は高齢者が多かったようだ。番所の中で楊枝削りの内職をしていた番人もいた。幕府は60歳以上の者を辻番に雇用してはならないと通達を出したほどだ。

『鬼平犯科帳』に話を戻そう。刺客は平蔵の逆襲に遭い、竜野藩屋敷の方向へ逃走。古地図を見ると、襲撃現場から300メートルほどの竜野藩屋敷の角に辻番所がある。平蔵はここで怪しい者を見かけなかったか尋ねたが、番人は首を振るばかり。頼りなげだ。

幕末の1860年、大老・井伊直弼が斬殺された「桜田門外の変」では、周囲の大名屋敷に辻番所が多く配置されていた。襲撃犯の水戸浪士の一人が辻番所に自首しようとしたが、辻番は戸口を締めて番所の中で震えていたという記録もある。

江戸時代の汐留川は舟が行き交い、荷揚げ場が多くてにぎわった。日本各地の産品が運び込まれ、銘茶、化粧品などさまざまな業種の問屋が軒を連ねていた。まさに諸国と江戸を結ぶ海上交通の要所だった。ここが東京の鉄道の起点となった。汐留シオサイトの一角に「旧新橋停車場 鉄道歴史展示室」がある。歴史を感じるほぼ唯一のスポットだ。

浜離宮恩賜庭園。汐留シオサイトとともに外国人観光客が多い

◆浜御殿（現・浜離宮《はまりきゅう》恩賜《おんし》庭園）

江戸時代は徳川将軍家の別邸で浜御殿と呼ばれた。将軍の鷹狩りに使われたほか、八代将軍・徳川吉宗が購入したインド象が1729年から12年間、ここで飼育された。幕末になると沿岸防備のため大砲が設置され、浜御殿の南側、現在のゆりかもめ竹芝駅付近には鉄砲調練場も作られた。明治維新後は皇室の離宮となり、戦後、東京都の管理に移された。

㉙キャンペーンガールにミスコン、商売繁盛を担う美女たち

【浅草・二十軒茶屋（台東区浅草2）】

■生きた馬を飲みこむ

「浅草にてそばを喰う（中略）観音へ参詣、おばけの見世物を見物いたし、少し向いにて、あなこ・いも・蛸の甘煮にて酒を呑み飯を喰う」

幕末の1860年、江戸に単身赴任した紀州藩士の酒井伴四郎がつづった江戸名所巡りの日記にある「おばけの見せ物小屋」。浅草寺の北西側、浅草奥山と呼ばれたあたりにあったはずだ。

江戸時代、浅草奥山は芝居、落語、操り人形、浄瑠璃、大道芸などさまざまな見せ物でにぎわった。呑馬術なる「生きた馬を飲み込む」奇術師もい

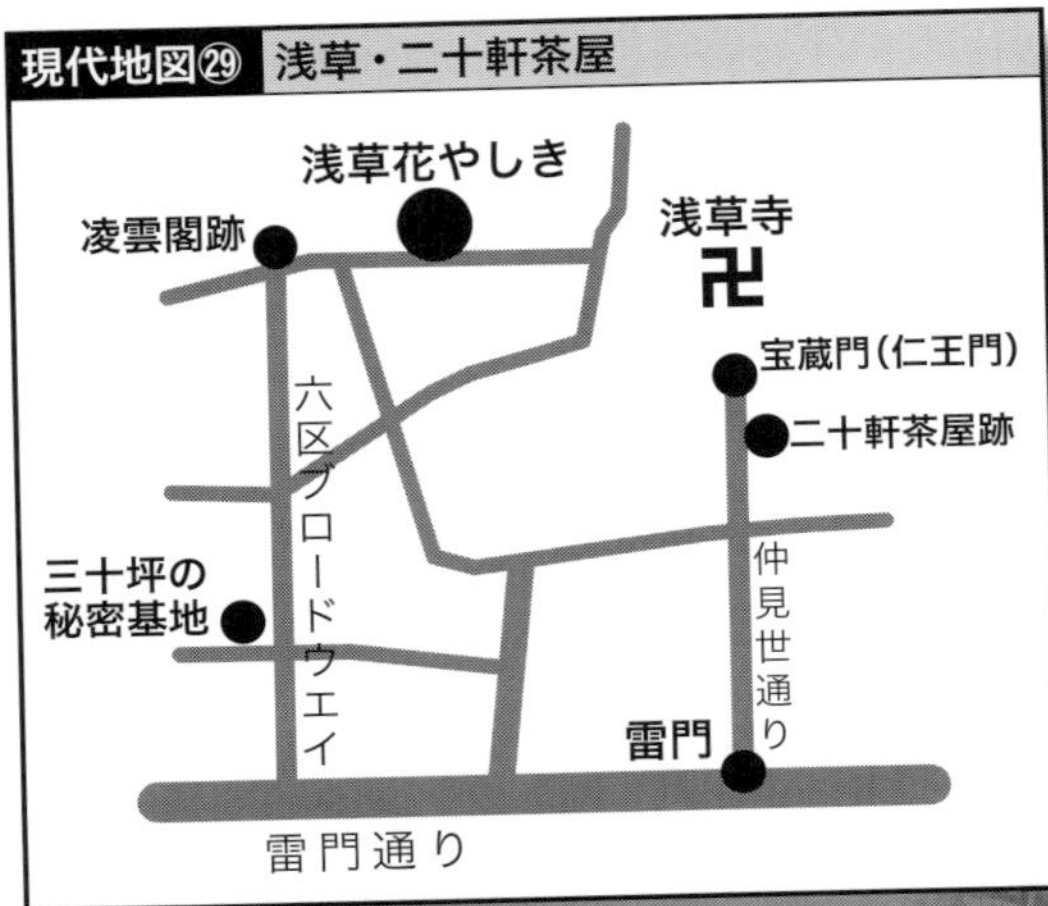

古地図㉙

『江戸切絵図 今戸箕輪浅草絵図』より

たらしい。どんなマジックなのだろう。浅草奥山はその昔、藪が茂ったところだったが、吉原の遊女たちが千本桜を献納、移植して景観が整えられた。やがて、講釈師の親父が茶店を出しはじめ、江戸エンタメの地として発展していった。

宝蔵門《ほうぞうもん》（仁王門）の手前には「二十軒茶屋」があった。文字通り20軒並んでいた茶屋通りだが、どの店も看板娘を雇い、茶の味よりも美女で商売を競った。浅草寺出版部発行の雑誌『聖潮』（1925年）所収の「川柳より見たる浅草」は、江戸の二十軒茶屋の実態を面白く伝えている。

「愛想の　いいは茶代を　置かぬうち」。正規の茶代に相応のチップを弾まなければ看板娘は途端に仏頂面になる。カネでこびを売るから「ああも　あつかましいものかと　二十軒」と憤る客も出てくる。

■地方武士と歯みがき?

「茶釜のそばに　寄りたかる　浅葱裏《あさぎ》」というのもある。浅葱裏とは、浅葱色（わずかに緑色を帯びた薄い青）の裏地のついた羽織のことだ。参勤交代の殿様のお供として江戸に滞在した各藩の武士は大抵、浅葱裏を着ていた。大都会の江戸に単身赴任で来た彼らは江戸観光に繰り出すが、吉原遊郭を見に行っておっかなびっくり、ざるそばにツユを直接かけて周囲

『風俗三十二相　めがさめさう　弘化年間むすめの風俗』月岡芳年

の客に笑われる……と話題になった。それが転じて、野暮な田舎侍を指す言葉になった。

浅葱裏の武士たちは、浅草寺境内の茶屋の美女にチップを弾むほどの持ち合わせがない。だから店内に入らず、茶釜の側に立って、頻繁に茶釜から湯を汲みに来る美女の尊顔を拝見した。「茶釜の……」という先の川柳は、そんな情景を詠んだものである。

浅草寺は浅葱裏をはじめ、江戸見物に来た地方からの観光客で賑わった。

〝その日。そのとき……。長谷川平蔵は、金竜山・浅草寺の仁王門を通り抜けようとしていた。（中略）観世音菩薩を本尊とする名刹・浅草寺境内の雑踏ぶりは、久しぶりに浅草へ来た平蔵をおどろかせた。仁王門をぬけると、たちならぶ土産物を売る屋台店や葦簀張りの茶店の向うに、本堂の大屋根が、鏡のごとく晴れわたった冬空にそびえて見えた〟（第11

巻第6話「毒」)

二十軒茶屋のあたりだろうか。火付盗賊改方長官・長谷川平蔵は顔見知りの陰陽師が、雑踏の中で懐中物を盗み取られる瞬間を目撃し、スリを尾行して捕らえる。盗み取られた30両入りの袱紗《ふくさ》包みには、得体の知れないものが入っていた。そこから平蔵は奇怪な犯罪が計画中であることを知り、未然に防ごうとするうちにとてつもない陰謀に気づく。

当時の浅草寺境内のもう一つの名物は楊枝売り。つま楊枝ではない。柳の小枝が素材の房楊枝(歯ブラシ)だ。ここも美しい看板娘で競い合った。口臭予防は江戸の男のエチケットを誘い文句に、浅葱裏の地方武士相手に売り上げを伸ばした。1831年刊行『江戸繁昌記』の復刻版(平凡社、1974年)によると、83軒もの楊枝店が境内にあったそうだ。やたらと多い看板娘に気を取られて、スリの被害も多かったろう。

■ 美女のためなら高層階まで

「ミスコン(美人コンテスト)が日本で初めて行われたのも浅草です」。浅草庶民文化資料館「三十坪の秘密基地」(台東区浅草1‐25‐15)オーナー、三遊亭あほまろさんが教えてくれた。舞台は凌雲閣《りょううんかく》。1890年に浅草に開業した12階建て高さ52メートルのタワーだ。

日本初の電動エレベーターを設置したが、開業直後から故障が相次いだ。12階まで階段

「三十坪の秘密基地」には昔の浅草や下町、銭湯などのジオラマも展示されている

で上がるなんて大変だ。客足が遠のく。どうすれば最上階まで階段を上ってもらうか。ひらめいたアイデアがミスコンだった。東京の花街から１００人の美人芸妓を選び、その写真をらせん階段の壁面に並べた。上階へ行くほど、美女のレベルが上がるという触れ込みだったから、大勢の男たちが最上階まで上がって、どの写真の女性が一番かを投票した。

凌雲閣は関東大震災で半壊し、解体された。凌雲閣跡から雷門通りに通じる一帯はかつて浅草六区と言われた地区。明治になって浅草奥山が公園整備されたのに伴い、奥山のエンタメが浅草六区に移転した。エノケンこと榎本健一をはじめ、渥美清、萩本欽一、ビートたけし……日本を代表する芸人を輩出した。

「秘密基地」には、凌雲閣や国技館があった頃の浅草六区周辺、永井荷風が通いつめたストリップ劇場「浅草ロック座」など精緻なジオラマがある。さらに、ホーロー看板など庶民文化資料も展示されている。ワンドリンク付きで入場料５００円。ビールを飲んで浅草の歴史を学べるありがたい見世物小屋だ。

◆浅草奥山

浅草寺境内に房楊枝店が多かったことを背景に、コマ回しの芸、居合抜きを披露しながら歯磨き粉を売る大道芸も人気があった。当時の歯磨き粉は、房総半島の浜辺のきめ細かい砂（房州砂）にハッカ、コショウ、唐辛子などを加えたものだった。浅草奥山では本物の人髪を使い、リアルな等身大の「生人形《いきにんぎょう》」が江戸で初興行された。四季折々の草花や菊細工を売り物に１８５３年に開園した「花屋敷」は、現在も遊園地「浅草花やしき」として営業を続けている。

浅草奥山はこのあたりから、現在の遊園地「浅草花やしき」まで広がっていた

浅草花やしき

軍鶏鍋屋「五鉄」

番外編：鬼平のロケ地を訪ねて①

三〇 「五鉄」は「鶴や」?! 工夫に感動

【京都・松竹撮影所】

中村吉右衛門《きちえもん》さん主演のテレビ時代劇『鬼平犯科帳』（フジテレビ系）は、２０１６年12月に放映された2夜連続スペシャル、前編「五年目の客」と後編「雲竜剣」で28年間におよぶシリーズに幕を閉じた。吉右衛門さんが火付盗賊改方長官・長谷川平蔵を演じるドラマは、京都がロケ地だ。どんな場所で平蔵は刺客と斬りあったのか、密偵たちが尾行して歩いた長屋の路地はどこか……。リアルに鬼平の現場が見たくなった。

火付盗賊改方役宅の正面。町奉行所としても使われている。

まずは京都・太秦《うずまさ》の松竹撮影所。鬼平ドラマの主要ロケ地である。通常は非公開だが、許可をいただき見学した。

撮影所の正門から中に入ると、堀に囲まれた町並みが広がる。水郷と呼ばれた江戸の深川、本所にぴったり合う風景だ。その一角に軍鶏鍋屋「五鉄」があった。五鉄わきの橋の形状は、『江戸名所図会』に描かれた本所の二之橋によく似ている。

「五鉄」の周囲を注意深く観察すると、テレビの『鬼平犯科帳』第1シリーズ第10話「一本眉」などで、蟹江敬三さんが演じた密偵・小房の粂八の船宿「鶴や」もここではないか！　作品によって五鉄の建物は、船宿や旅籠などさまざまな舞台に使われている。使い回ししてもそれとは気

火付盗賊改方役宅の庭。

づかせない工夫はすごい。

しばらく歩くと盗賊が押し込みそうな商家の町並みがあって、町奉行所前に出た。その正面に武家屋敷。見覚えがあるなあと思案していると、案内をしてくれた松竹撮影所京都製作部長の岩田均さんが「中村主水の家です」。テレビ時代劇『必殺仕事人』(テレビ朝日系)で町奉行所同心、中村主水(故・藤田まことさん)が妻や姑にいびられて暮らした八丁堀の組屋敷も松竹撮影所内に残されていた。

思わず感動の声を上げたのが清水門外の役宅。密偵・おまさ(梶芽衣子さん)が役宅の庭に控えて長谷川平蔵に捜査状況を報告したり、同心の木村忠吾(尾美としのりさん)が平蔵に叱られたり……。テレビの名場面はこの役宅で繰り広げられた。

『必殺仕事人』の同心・中村主水が暮らした組屋敷

路地裏の長屋

商家の街並み

近江八幡市の八幡堀。舟で巡ることができる

三二

番外編：鬼平のロケ地を訪ねて②

江戸の風景に見える意外な名所

【滋賀・近江八幡と京都】

〝そのころの深川は江戸の〈水郷〉といってよかった。江戸時代の深川絵図を見ると、大仰にいうならイタリアの水都・ベネチアにも匹敵するほどにおもわれる〟

時代小説『鬼平犯科帳』第11巻第5話「密告」に描かれた深川の描写である。中村吉右衛門さん主演のテレビシリーズでは深川の水郷は、滋賀県近江八幡市の八《はち》幡堀《まんぼり》がロケ地だ。

白壁の土蔵、橋、河岸の道……そのまま時代劇の世界だ。木々の緑が美しい。

（上）今宮神社参道
（下）上賀茂神社の「ならの小川」

（上）大覚寺の大沢池
（下）清涼寺の仁王門から見た本堂と境内。

舟で八幡堀を巡れば、長谷川平蔵が舟に乗って水上パトロールした「火付け船頭」（第3シリーズ第4話）の映像風景を追体験できる。

近江八幡から京都へ。大覚寺《だいかくじ》（京都市右京区）の大沢池を散策した。『鬼平犯科帳』では上野・不忍池や隅田川の河岸として撮影された所だ。大沢池のほとりを歩けば、盗賊が駆け抜け、平蔵が刺客と対決し、密偵たちが張り込んだ数多くの作品の舞台がそこかしこにあることに気づく。

よく見つけたなあ、と撮影スタッフの感性に思いをはせたのが、浅草寺のロケ地となった清涼寺《せいりょうじ》（右京区）。仁王門に大きな赤い提灯を組み合わせれば、そこから望む本堂と境内は浅草寺の趣になる。

粟生光明寺の石段

「雨の湯豆腐」(第1シリーズ第25話)では大道芸や露店でにぎわう浅草寺が見事に演出されている。境内の湯豆腐店「竹仙《ちくせん》」も同心・木村忠吾(尾美としのりさん)がやけ酒を飲む茶店としてロケ地になった。

上賀茂《かみがも》神社(北区)境内を流れる「ならの小川」付近は、音無川の渓谷美で有名な王子の風景にもなっている。

今宮神社(北区)の東門に通じる参道は、本所・弥勒《みろく》寺《じ》や飛鳥山近くの王子神社など江戸各地の参道風景としてたびたび登場する。鬼平ファンには「お熊ばあさんの茶店『笹や』」のロケ地と言った方がわかりやすいだろう。参道沿いに並ぶ茶店から名物「あぶり餅」の甘く香ばしいかおりが漂い、『江戸名所図会』に描かれた寺

摩気橋

社の門前茶店がリアルに目の前にある。

「本門寺暮雪」(第2シリーズ第9話)で本門寺の石段での決闘シーンが撮影されたのは、粟生《あお》光明寺《こうみょうじ》(長岡京市)の石段。ここは「消えた男」(第5シリーズ第5話)で与力・佐嶋忠介(故・高橋悦史さん)がかつての部下と出会った愛宕神社の男坂としても撮影された。

『鬼平犯科帳』のエンディングでは、ジプシーキングスの音楽とともに四季折々の江戸の風景が流れる。夕立の雨の中、橋を急ぎ足で人々が通り行くシーンは、京都府南丹《なんたん》市園部《そのべ》町《ちょう》の摩気《まけ》橋で撮影された。周囲には白壁の古民家があり、江戸郊外といってもいいほどの雰囲気を残している。

㉜ 違法の遊里を利用? 新開地の地域振興政策

【門前仲町・富岡八幡宮（江東区富岡1）】

■ 岡場所・深川はなぜ栄えた?

地下鉄東西線門前仲町《もんぜんなかちょう》駅の南、大横川に架かる巴橋。この橋の東側に江戸時代、船着き場があった。『江戸名所図会』の富岡八幡宮には、参詣客を乗せた屋根船でにぎわう船着き場と境内、本殿が描かれている。

〝密偵・小房の粂八が亭主におさまっている、深川石島町の船宿〈鶴や〉で昼餉をすませた長谷川平蔵は、久しぶりで富岡八幡宮へ参詣しようとおもいたった〟

『鬼平犯科帳』第13巻第5話「春雪」では、長谷川

現代地図㉜ 門前仲町・富岡八幡宮

古地図㉜ 『江戸切絵図 深川絵図』より

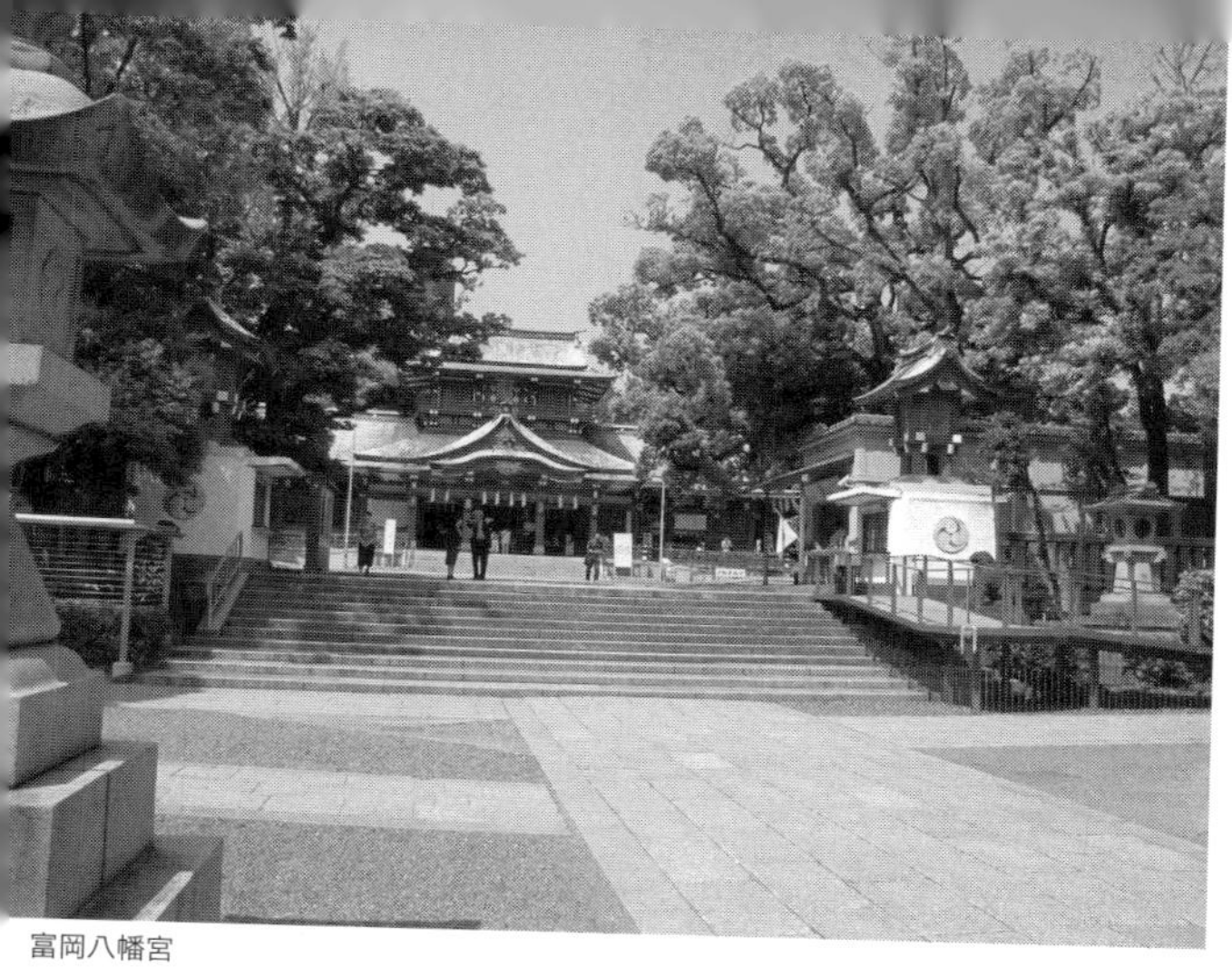
富岡八幡宮

平蔵は粂八が操る舟で船着き場に降り立つ。平蔵はここからまっすぐ続く参道と鳥居を眺めるのだが、船着き場があったあたりに立つと、いまは建ち並ぶ飲食店に遮られ参道も鳥居も見えない。

門前仲町の賑やかな雰囲気は江戸の名残である。『鬼平犯科帳』には江戸時代の門前仲町を知るキーワードが随所にある。

〝八幡宮の門前には大小の料理屋が軒をならべているし、岡場所も近くに散在しているために、夜に入ってからも人通りが絶えぬ〟(第16巻第4話「火つけ船頭」)

門前仲町を中心に深川には7カ所の岡場所があり、江戸最大の遊楽の地だった。江戸の地誌『紫の一本《ひともと》』(1683年)には、富岡八幡宮門前の料理茶屋では1軒あたり15〜20歳の美女を10人ほど置いて唄と三味線、踊りを披露し、その風流なことは吉原もおよばないと記されている。

違法だった岡場所が深川で堂々と賑わった背景につ

いて、『深川区史』（1926年）は面白い見解を披露している。「江戸幕府が黙認の態度をとったのみならず、むしろひそかに助成した傾向があったからだ」と述べ、幕府による「新開地の地域振興政策」というのである。

新開地とはどういうことか？　これも『鬼平犯科帳』にヒントがある。

〝「江戸中の埃芥《ちりあくた》をもって築きたる新地なり」と、物の本にある〟（第21巻第4話「討ち入り市兵衛」）。

深川は江戸のゴミを埋め立てて造成された土地だった。江戸の都市づくりが進行中で、暮らしに関わる法律や制度が整っていなかった頃、人々は空き地、川や堀、下水溝に生活ゴミを投棄していた。さすがにこのままではマズいと、幕府は1655年、永代浦と呼ばれた浅瀬の海をゴミ捨て場に指定した。町にゴミ集積場を設け、それを運搬船に積んで投棄した。収集、運搬、処理は民間業者が請け負った。

火事で焼けた残土も投棄し、永代浦は陸地となって現在の永代通りを中心に門前仲町が形成された。

しかし、ゴミで造成された新開地にわざわざ住む人はいない。富岡八幡宮に参詣する人も少なかった。こうした地域を活性化するにはどうするか？　手っ取り早いのは「酒色で人々を誘い出す」。こうして江戸の歓楽地になったというわけだ。

■ 侠な気立てで人気、深川の女たち

富岡八幡宮は、江戸の勧進相撲発祥の地でもある。1684年から約100年間、ここで寺社奉行公認の勧進相撲が開催されたが、これも地域振興策の一つである。境内に「横綱力士碑」など相撲関係の石碑がある。その後、相撲の舞台は両国・回向院に移転した。

富岡八幡宮はかつて周囲を堀で囲まれていた。東側の堀跡「八幡堀遊歩道」に架かる八幡橋。国の重要文化財に指定されている

深川の遊里であるが、他にはない独自の進化を遂げる。闊達で勇み肌、自分の意思を大切にする――という「侠《きゃん》」な性格の遊女が深川の特徴だった。客に指名されても、意に沿わぬ客なら、どんなにカネを積まれようとプイと出ていった。毅然とした、いさぎよい遊女だった。

芸者は男物の羽織を着て、芸名も男の名を名乗り、羽織芸者とも呼ばれた。当時、女性は自分で髪を結っていたが、深川の羽織芸者は女形の芝居役者の髪型を好み、わざわざ役者の髪結いに結わせた。華美な衣装は避けて薄化粧。芸者も侠な女性たち。若い芸者よりも年齢を重ね、侠が洗練された芸者に人気があった。

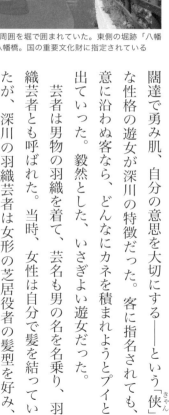

遊里で尽くしてくれる女に慣れていた江戸っ子は、「粋」と「張り（自分の意思を通す強い気持ち）」の気性を持つ深川の女性たちに刺激を受けた。江戸っ子の哲学を学んだかもしれない。「本所の銕」と呼ばれ、遊里通いの遊び人だった若き長谷川平蔵も、深川に足繁く通って男を磨いた。女性にかかわる平蔵の小説のセリフは、その体験に根ざしている。

第10巻第6話「消えた男」で、女盗賊だった妻を亡くした男と平蔵のこんな会話がある。

〝「それほどに、死んだ女がよかったのか……?」

「何事にも、いさぎよい女でございました。男らしい男のように、いさぎよい……」

「そうか、なるほど。そうした女は百人に一人もいまい。顔かたちや肌身のよさでもなく、そうした女こそ、何よりも男がのぞむ女なのだからな……」〟

■ 惚れ惚れする男振り

平蔵と妻・久栄の会話も珠玉だ。久栄は17歳の時、近所の旗本の息子と付き合っていたが、処女を奪われ、弄ばれたあげくに捨てられた。平蔵はそれを承知で結婚した。

〝「このような女にても、ほんに、よろしいのでございますか……?」　久栄が両手をつき、平蔵に問うた。

「このような女とは、どのような女なのだ?」

「あの、私のことを……」

「きいたが、忘れた」

「ま……」

「どちらでもよいことさ」

「は……」

「おれとても極道者だ。それでもよいか、と、お前さんに問わねばなるまいよ」〃（第3巻第6話「むかしの男」）


それから20余年、平蔵は一度も久栄の過去には触れない。だが、「むかしの男」が久栄を呼び出して脅迫し、久栄は過去のことが公になることを恐れて単身、果敢に立ち向かう。そんな妻に平蔵はこう言うのである。〃なあに……われわれのことは、知る人ぞ知ることだ。かまわぬさ〃

惚れ惚れする男振りである。

富岡八幡宮の近くには江戸時代、京都の三十三間堂を模した三十三間堂があり、通し矢が行われた

◆門前仲町

江戸時代の町名は「永代寺門前仲町」。当時は別当寺《べっとうじ》と言って、寺院が神社を管理しており、富岡八幡宮は永代寺が別当寺だった。現在の深川公園、深川不動堂も江戸当時は永代寺の境内だった。門前仲町のほか「門前町」「門前山本町」「門前東仲町」があった。明治初年の廃仏毀釈《はいぶつきしゃく》で永代寺が一時期廃寺となり、「富岡門前仲町」に改称され、現在は門前仲町になっている。かつては永代通りと清澄通りの交差点付近に「一の鳥居」があり、ここから東側に門前町が広がっていた。

三三 諸藩の外交の舞台は東京湾をぐるりと望む景勝地

【洲崎・洲崎神社(江東区木場6)】

■広重の描いた海の家

遠浅の海岸で潮干狩りを楽しむ人々。沖合では白帆に風をはらんで数隻の船が江戸湾を走っている。歌川広重の錦絵『江都名所　洲崎《すさき》弁天境内』(176頁)に描かれた風景。海岸に接した境内に並ぶよしず張りの茶店は、さしずめ海の家のようだ。

潮干狩りのほか、初日の出、雪景色など洲崎弁天(現・洲崎神社)は海浜を背景に多くの錦絵の舞台となった。『鬼平犯科帳』第8巻第1話「用心棒」でも、境内からの眺めは「江戸湾の空も海も、霞に溶けている」景勝の地として描写されている。

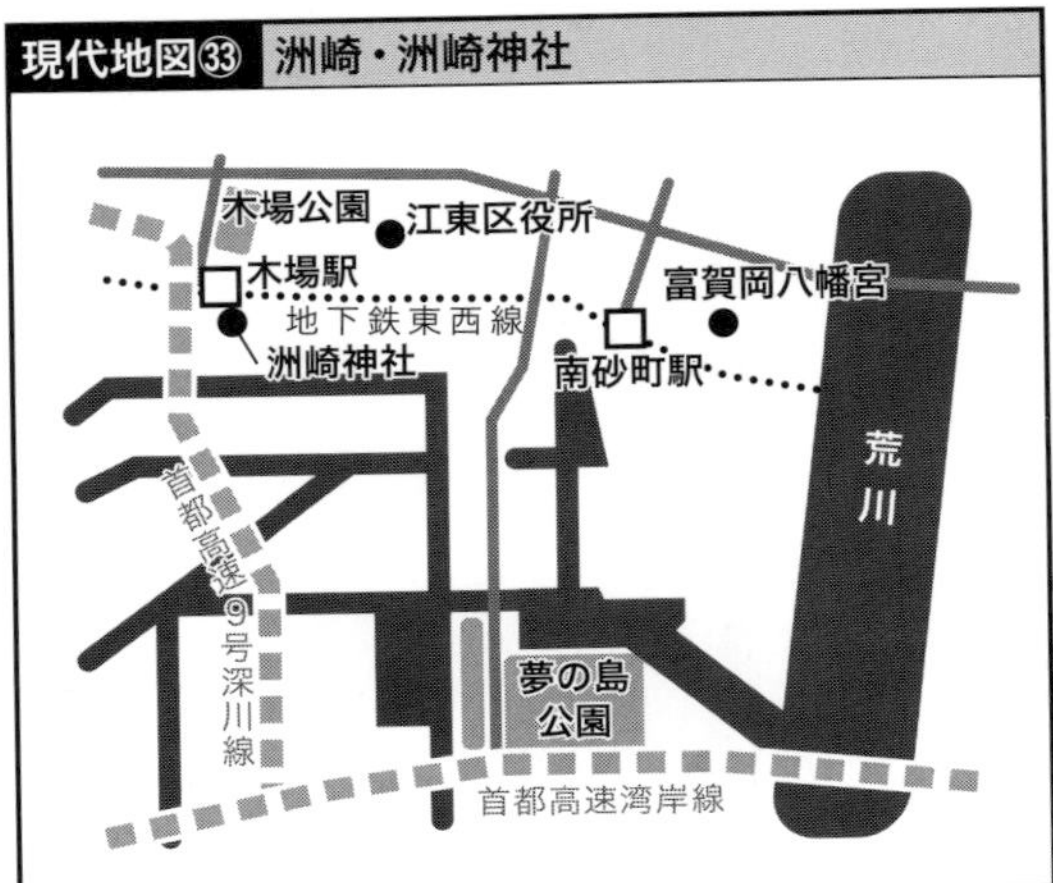

古地図㉝
『江戸切絵図 深川絵図』より

『江戸名所図会』で「この地は海岸にして佳景なり」と紹介された洲崎神社。埋め立てで海岸線は遥か遠くへ

「用心棒」の主人公、浪人の高木軍兵衛は身長180センチを超え、頬からあごにかけて髭が密生し、見た目は豪傑だが、剣術も何も取り柄がない。彼は海岸沿いの小高い土手道を歩き、洲崎弁天に向かう。古地図を見ると、土手道は長さ約550メートル、幅約55メートルの緑地帯のほぼ中央に築かれ、草原と砂浜、海が眼前に望める長い参道になっている。

人工的な造りの参道になっているのは理由がある。1791年9月、このあたりを高潮が襲い家々は流され、多数の犠牲者が出た。幕府は海岸沿いの土地を買い上げて居住禁止区域に指定。緑地帯を設け、土手道を堤防にした。幕府の防災事業で洲崎弁天のプライベートビーチのような景観が生まれた。

■ 情報交換力が物言う留守居役

高潮被害の前、洲崎弁天には江戸で最高級と評判だった料理屋「升屋」があり、豪商や各藩の江戸

高潮被害を受けて住居禁止などの措置を記した当時の石碑も洲崎神社境内にある

高潮による被害を後世に伝える「津波警告の碑」

藩邸に勤務する留守居役《るすいやく》という武士でにぎわった。留守居役は幕府や他藩との交渉、相談を担当した藩の外交官。藩が留守居役にもっとも期待したのは、幕府が藩に割り当てる公共事業をいかに逃れるか、だった。江戸時代の河川改修、新田開発、江戸城修復などの土木工事を藩に引き受けさせた。費用はすべて藩の負担。各藩ともいかに回避するかに腐心し、幕府の有力者に賄賂を贈り、接待した。

ある藩が回避に成功すると、幕府は他の藩に工事を回す。どの藩も疑心暗鬼になる。公共工事以外にも、いろんな負担を負わされた。毎年３月に京都の朝廷から勅使（天皇の使者）が将軍に面会に来るが、勅使を接待する役目（勅使饗応役）も藩が請け負う。播州赤穂藩主・浅野内匠頭長矩は１６８３年、１７０１年の２度、勅使饗応役を命じられた。

１回目に支出した費用は４００両（約4千万円）、２回目は内匠頭の指示で700両の予算で臨んだ。しかし、2回目の元禄年間はインフレが亢進した時期。浅野内匠頭の4年前に役目を引き受けた日向飫肥《おび》藩(宮崎県日南市)藩主・伊東出雲守は1200両(約1億2千万円)の支出だった。700両では少なすぎると高家《こうけ》筆頭・吉《き》良《ら》上野介《こうずけのすけ》に文句を言われたことが、刃傷事件のきっかけになったという説がある。

赤穂藩を例にすれば、留守居役は2度目の饗応役を回避しなければならなかった。そして、内匠頭が700両と言っても、こっそり多めに支出しなければならなかった。留守居役は、吉良上野介や幕府の意向を忖度《そんたく》して浅野家を守ることが仕事。お家取り潰しを招いた留守居役の責任は大きい。

こんなことが起きないように、仲良く情報交換しようと諸藩の留守居役が頻繁に懇親会を開いた。抜け駆けさせず、みんな横並びで幕府と付き合おう、という思惑もあった。費用は藩の公金だ。湯水の如く飲み食いした。

■ゴミの埋め立て地から景勝地に

彼らで賑わった須崎弁天の「升屋」は、高潮で全壊した。その後は庶民も気軽に利用できる海の家風の茶店が繁盛した。小説で軍兵衛が酒を飲んだ境内の茶店は「槌《つち》屋」。軍兵衛はこの茶店で3人組の浪人に因縁をつけられ、叩きのめされた。強くなりたいとの思いですがったのが、たまたま見かけた平蔵だった。もちろん、平蔵が火付盗賊改方長官とは知らずに……。

地下鉄東西線南砂町《みなみすなまち》駅から富賀岡《とみがおか》八幡宮へ。『江戸名所図会』には「砂村 富岡元八幡宮」と紹介され、富岡八幡宮が昔ここにあった名残だと説明している。『鬼平犯科帳』第16巻第6話「霜夜」では、長谷川平蔵がここに訪れている。

〝深川随一の大社として繁栄を誇る、いまの富岡八幡宮にくらべると、砂村の旧社は、松林と葦の原に囲まれた小さな社で、めったに参詣する人もいない。(中略)社の鳥居は堤の道で、その道の向うは海(江戸湾)であった。平蔵は堤の道から鳥居を潜《くぐ》り、左手の松林を背にして、枯草の上へ座り込んだ。腰に下げてきた竹製の水筒には酒が入っている〟

洲崎神社から富賀岡八幡宮まで直線を引けば、江戸時代の海岸線にあたる。古地図には、この区間の陸地に広大な「砂村新田」がある。幕府が指定した江戸のゴミ処分場だ。「違法の遊里を利用？　新開地の地域振興政策」(164頁)で書いたが、門前仲町はゴミの埋め立てでできたが、ゴミの量は増え続け、越中島《えっちゅうじま》など周辺へとゴミ処分場は広がった。そこを土砂で造成し、酒を携えてハイキング気分を味わえる地に生まれ変わった。錦絵に描かれた海浜の景勝地・洲崎ももとはゴミ埋め立て地だった。

埋め立ては明治以降も続き、江東区の海岸線はどんどん南下した。昭和の時代にゴミ処分場だった埋め立て地は熱帯植物園、スポーツ施設、バーベキュー広場などを備えた「夢の島公園」になっている。

２０２０年東京五輪のボート・カヌー会場となる、東京湾の中央防波堤埋め立て地は、江東区と大田区が帰属を巡って争っている(2017年11月現在)。江東区が「うちの領土だ」と主張している背景には、江戸時代からゴミを受け入れて土地開発を続けてきた歴史がある。

◆洲崎の埋め立て地

明治以降も洲崎の埋め立てが進み、7球団によるプロ野球公式戦がはじまった1936年、洲崎球場が建設された。巨人と阪神(当時は大阪)による初の日本一決定戦(3連戦)が洲崎球場で開催され、沢村栄治投手を擁する巨人が初代王座に輝いた。しかし埋め立て地のためグラウンドが軟弱で、運河に近く満潮で冠水し試合が中断したこともあり、わずか3年ほどで閉鎖された。埋め立て地には、吉原と並び東京で最大規模と言われた洲崎遊郭もあった。

『江都名所 洲崎弁天境内』歌川広重

㉞ 江戸は江戸城から4里 郊外だった目黒

【目黒・茶屋坂(目黒区三田2)】

■江戸後期の散歩の鉄人

散歩の達人ならぬ鉄人と呼ぶにふさわしい。江戸後期、徳川御三卿の清水家に仕えた御家人・村尾正靖(号は嘉陵)。非番の日の散歩が趣味だが、半端ではない。

午前4時ごろに江戸城近くの自宅を出て桶川(埼玉県)まで歩き、そのままUターンして午後8時ごろに自宅に戻った。浅間山(長野、群馬県境)が見える所まで行きたかった、というのが理由。帰路の途中で馬に乗ったが、片道約40キロの距離。1819年10月、村尾60歳の時だった。

現代地図㉞ 目黒・茶屋坂

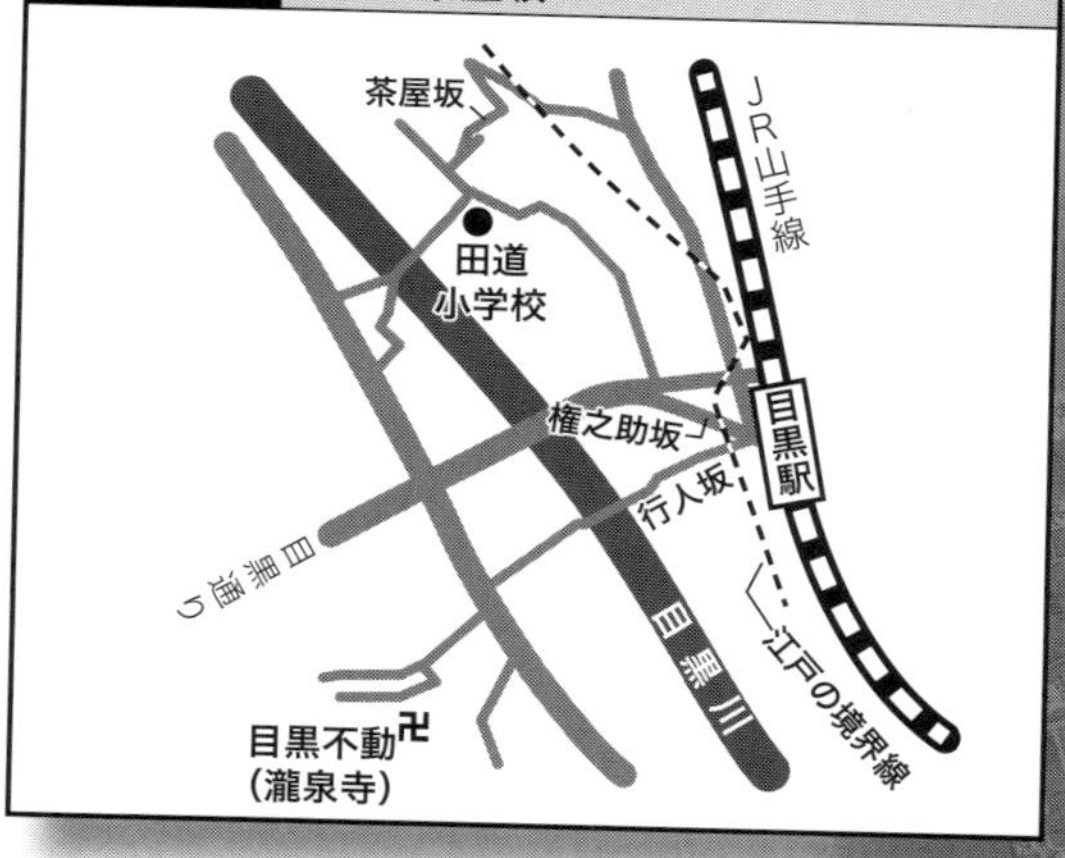

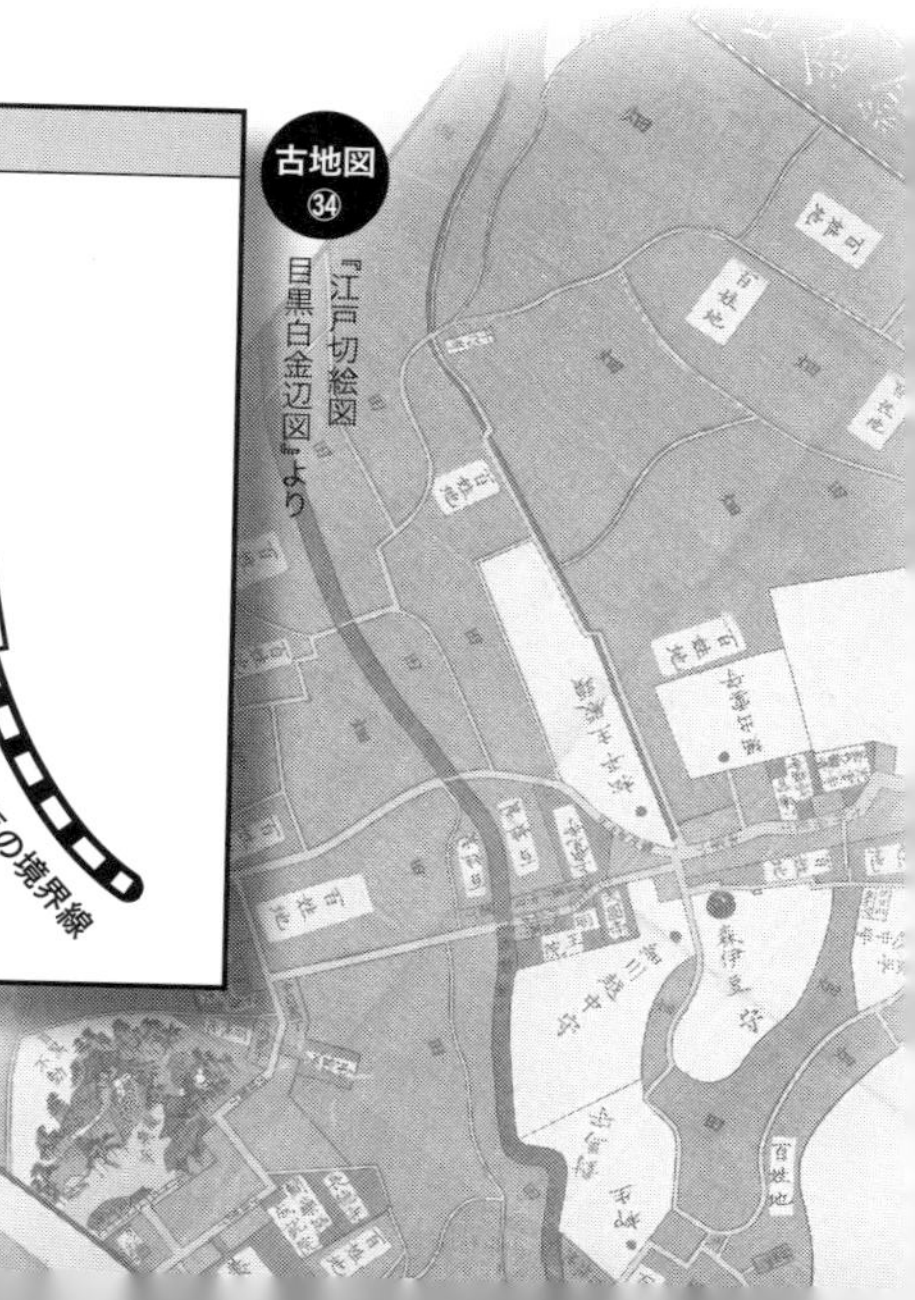

古地図㉞ 『江戸切絵図 目黒白金辺図』より

村尾は数多くの遠距離散歩の記録を『江戸郊外道しるべ』に残している。地図も描いていてガイドブックのような感じだ。ほぼすべて日帰りの行程。仕事が多忙だったことに加えて、幕臣だった村尾は原則として外泊できなかったからだ。いざという時、すみやかに出動するのが幕臣の務め。妾を囲った旗本が別邸で泊まるというのは時代劇の世界。ご法度であった。江戸を離れる時も幕府に届け出なければならなかった。

では江戸の範囲は？　「江戸城を中心に4里(約16キロ)四方」の内であれば外出届けは不要だった。町奉行所が管轄する江戸は、人口増に伴い町人の住む地域が拡大していく一方で、刑罰の江戸払い(江戸追放)で定義した江戸は「品川、板橋、千住、新宿、本所・深川の内側」とやや狭くなる。寺社勧化場《かんげ》といって寺社建立のために寄付を募ることを許可された江戸の範囲は、町奉行所管轄の江戸よりもさらに広い。

■ 田園だった目黒から世田谷

幕府の機関によって解釈がまちまちだった江戸の境界が、統一されたのは1818年。地図に朱色の線で範囲を示したので、江戸の境界線は「朱引《しゅびき》」と呼ばれた。

朱引の外、江戸郊外で人気があったのは目黒不動(瀧泉寺)だ。

〝目黒不動の門前には桐屋という店が、名物の黒飴を売っている。長官夫人の久栄は、こ

目黒不動（瀧泉寺）仁王門。深い木立は江戸時代の面影を残している

の黒飴が大好物なので、忠吾は目黒へ来ると、忘れずに買い求めて持ち帰ることにした〟（第14巻第6話「さむらい松五郎」）

火付盗賊改方同心・木村忠吾の菩提寺は目黒にあり、墓参りの帰りがけに立ち寄る桐屋は目黒不動門前に実在した。『江戸名所図会』に取り上げられるほど評判だった。小説で忠吾は桐屋の前で、盗賊・須坂《すざか》の峰蔵から肩をたたかれる。さむらい松五郎と呼ばれた仲間の盗賊に間違われたのであるが、機転を利かせて、本人のふりをして誘われるまま料理屋へ。押し込み計画を知ることになって……。久しぶりに忠吾が活躍する。

目黒不動の周辺には名所がいくつかあった。千代ケ崎（現・目黒区三田2付近）という高台もその一つ。長谷川平蔵も好きなスポットで、第18巻第1話「俄か雨」では目黒不動に参詣し、桐屋の黒飴を買った平蔵が遠回りをして千代ケ崎へ向かう。〝この高処《たかみ》から西方をながめると、目黒から世田ヶ谷の田園風景が一面にひろがり、彼方には丹沢の山脈から、富士山まで一望のもとに見わたすことができる〟

ただ、名所巡りの日記を残した紀州藩士・酒井伴四郎は目黒不動の印象を「極めて田舎にて誠にさびしき所、併せて茶屋など十軒ばかりこれ有り、随分美婦も相見える」と書き留めている。美婦とは女性参拝客のことだろうか。伴四郎の場合、絶景の地は田舎の風景としか映らなかったようで、むしろ美女に目を奪われた。

小説の「俄か雨」では、火盗改方同心・細川峯太郎が、権之助坂にある茶屋の女に惚れて、非番の日に目黒で情事を重ねるうち

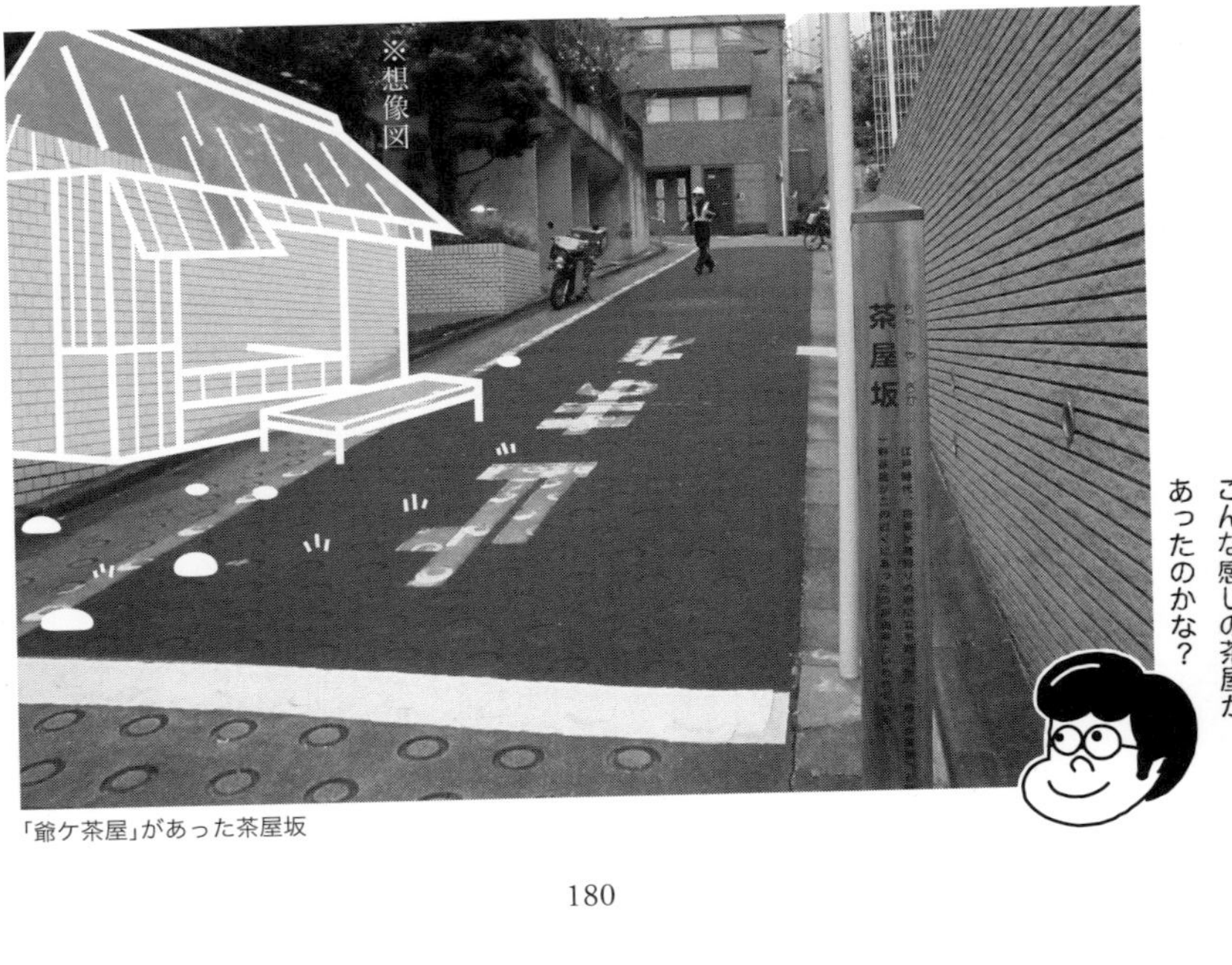
※想像図
茶屋坂
こんな感じの茶屋があったのかな？

「爺ケ茶屋」があった茶屋坂

に失態を演じてしまった。それを目撃した平蔵は自ら仲人を買って出て、部下の同心の娘と結婚させた。平蔵は一人前の捜査官として育てようとするのだが、峯太郎は茶屋の女が忘れられず……という展開になるのが、第20巻第2話「二度ある事は」である。

■ 殿様が食べたサンマ

目黒の名所として有名だったのは茶屋坂。こちらも坂から眺める田園がひときわ美しかった。落語『目黒のサンマ』の舞台と言われる「爺ケ茶屋《じじがぢゃや》」があった(扉絵)。言い伝えによると、三代将軍・徳川家光が鷹狩りで目黒に来るたびに茶屋を訪れ、茶屋の亭主・彦四郎を気に入り、「爺《じい》」と話しかけた。鷹狩りが好きだった八代将軍・吉宗も何度も立ち寄った。茶代として一分(約2万5千円)を置いていったという。

十代将軍・家治の要望で茶屋に団子と田楽をつくらせ、その後名物となった。1777年のことで、史実の平蔵は江戸城西の丸で書院番士として勤務していた。

歴代将軍の庇護を受けてきた茶屋であるが、サンマを出したという記録はない。そもそも将軍の御膳にはサンマ、イワシ、フグ、マグロは出ることがなかった。マグロは赤身で切腹を連想させるというので、武士も一般には食べなかった。だからこそ、サンマは目黒に限る、と世間知らずな殿様を揶揄する落ちが庶民に受けたのであるが。

目黒不動では富くじの抽選会も行われ一獲千金を夢見る人々、田園風趣にひかれたハイカーで賑わった。人が集まればもめごと、犯罪も起きる。このため目黒不動周辺は、江戸ではないのに町奉行所が事件に対応した。朱引の外に町奉行所管轄地があったのは目黒だけだ。

散歩の鉄人・村尾正靖も目黒に足を運んだ。70歳を過ぎても朱引の外まで遠距離散歩を楽しみ、82歳で天寿をまっとうしたという。

いまは門前に黒飴を売る桐屋はないが、東北自動車道・羽生《はにゅう》パーキングエリアの「鬼平江戸処」では「桐屋の黒飴」が販売されている。小説で定番のグルメの軍鶏鍋や「一本うどん」も食べることができる。

◆鷹狩りと鷹場

飼い慣らした鷹を山野に放って、野鳥を捕えさせる行事。江戸から半径約20キロ以内に将軍専用の鷹場があった。葛西、岩渕、戸田、中野、目黒、品川の六つのエリアに鷹場を管理する鳥見役人がいた。村々を巡回して野鳥の繁殖状況、鷹場の整備状況を視察し、将軍の鷹狩りの日程が近づくと、エサをまいて野鳥を集めるようにした。江戸郊外には大名家の下屋敷が増え、鳥見役人は野鳥の状況を調べるとの名目で屋敷内に入り、どのような用途で使われている屋敷かを探る隠密のような役目も持っていた。

㉟ 火見櫓と東京タワー 時代とランドマーク

【赤羽橋・有馬家屋敷の水天宮（港区三田1）】

■ 江戸の橋と高速道路

〝私の藩邸から近い縁日では、有馬邸の水天宮が盛んで、その頃江戸一番という群集であった〟。明治以降、俳人として有名になる松山藩（愛媛県）藩士・内藤鳴雪《めいせつ》（1847～1926年）は『鳴雪自叙伝』に水天宮のにぎわいをつづっている。

内藤が暮らしていた松山藩中屋敷は現在の港区三田《みた》、イタリア大使館を中心とする区画にあり、北隣に久留米藩（福岡県）有馬家の上屋敷があった。1819年以降、有馬家は久留米から屋敷内に勧請した水天宮を毎月5日に一般公開した。

現代地図㉟ 赤羽橋・有馬家屋敷の水天宮

古地図㉟

『江戸切絵図 芝高輪辺絵図』より

有馬家屋敷は敷地面積8万2500平方メートル。江戸庶民にとって普段、うかがい知れぬ大名屋敷に入れる物珍しさもあって、水天宮参詣の人気はすごかった。女性と子供は腕力のある男に先導してもらわないと、人の群れにはじき飛ばされる。履物が脱げても拾うことはできない。そんなすさまじい参詣風景が『鳴雪自叙伝』に書かれている。

有馬家屋敷沿いの古川に架かる赤羽橋《あかばねばし》の北東側は増上寺《ぞうじょうじ》、というロケーションの良さもあって、『鬼平犯科帳』には少なくとも8作品で赤羽橋が登場している。古川は小説では当時の通称、金杉川と表記されている。

首都高速の下に古川が流れ、赤羽橋が架かっている。手前は赤羽橋の親柱

〝平蔵は、赤羽橋を南へわたりきった。橋をわたると、三田・四国町の通りが札の辻まで真直に通ってい、金杉川《かなすぎがわ》に面して右に有馬家(筑後・久留米二十一万石)の上屋敷。(中略)有馬屋敷の前の、川岸の空地が竹や材木の置場になっているのを見て、長谷川平蔵は其処へ入って行き、草むらの石へ腰を掛けた。荷舟が、金杉川の川面をゆったりとながれて行く〟

第22巻特別長編「迷路」の「麻布・暗闇坂」の項で長谷川平蔵は盗賊一味の浪人を尾行して、有馬家屋敷前の川岸で張り込む。平蔵の視界に入る景色は、歌川広重の錦絵『東都名所 芝

赤羽根増上寺』(187頁)『芝赤羽橋之図』が参考になる。

有馬家の塀の内側から水天宮ののぼりがはためく。屋敷内の深い木立に江戸でもっとも高いと言われた、黒色の火の見櫓《やぐら》がそびえる。増上寺に当時あった五重塔と並び、このあたりのランドマークだった。ただ、平蔵の存命中、水天宮はまだ建てられていない。

有馬家屋敷跡は現在、済生会中央病院と都立三田高校。水天宮は明治になって中央区日本橋蛎殻町《かきがらちょう》に移転した。いまのランドマークは火の見櫓ならぬ東京タワー。赤羽橋のほか日本橋、両国橋もそうだが、江戸名所の橋はたいてい首都高速の真下。古地図と現代図を見比べると、高速道路の路線は江戸の重要水路と重なっている。

■ずる休みして祭り見物

『鳴雪自叙伝』によると、水天宮の次に人出が多かったのが港区虎ノ門の金刀比羅宮。こちらは丸亀藩(香川県)京極家の江戸藩邸に国元から分霊したもので、毎月10日に一般公開された。現在はビルの谷間の大きな社殿として有名だ。

西大平藩(愛知県)大岡家が1828年、地元の豊川稲荷(妙厳寺《みょうごんじ》)を江戸藩邸に勧請したのが、港区元赤坂の豊川稲荷東京別院。藩祖は町奉行から大名に出世した大岡越前守忠相。大岡にあやかって立身出世や盗難除けに霊験があるとされた。

ところで、江戸藩邸に暮らす地方の武士、特に参勤交代に同行した武士は、長くても1年ほどしか藩邸に滞在できないから、江戸見学で外出したくてウズウズしていた。しかし、山王祭、神田祭など人出の多いイベントがある日は禁足令が出た。雑踏の中でもめ事に巻き込まれ、藩の名が出るとマズいからだ。

ただ抜け道があって、病気になって医者に行くと言えば外出できた。祭りの日になると、にわかに病人が続出。外に出てそのまま祭りを見に行ったという。アリバイとして薬を購入して藩邸に戻った。これも『鳴雪自叙伝』にある。いまのサラリーマン社会にもありそうなエピソードである。

有馬家屋敷から日本橋蛎殻町に移転した水天宮

◆江戸藩邸の社公開

大名家の江戸藩邸の神仏公開の先鞭をつけたのは、筑後柳川藩（福岡県）立花家屋敷の太郎稲荷（台東区）。1803年頃に公開すると、参詣者が殺到し将棋倒しになって負傷者も出たため、通行証を発行して入場制限をした。この後、神仏を公開する藩邸が増え、江戸に50カ所前後あった。藩の財政難を背景に、賽銭やお札の売り上げを藩収入にあてるサイドビジネスの側面もあったとされている。都内には弘前藩の津軽稲荷神社（墨田区）、仙台藩の塩釜神社（港区）など数多く残されている。

『東都名所 芝赤羽根増上寺』歌川広重

㊱ 東京湾の船からも見えた望楼 1971年まで活躍

【高輪・二本榎と望楼（港区高輪2）】

■一里塚には榎の木

江戸時代、江戸から諸国に通じる街道には、日本橋を起点に一里（約4キロ）ごとに道の両側に塚が築かれ、榎《えのき》の木が植えられていた。一里塚と呼ばれ、旅人にとってどのあたりを歩いているかの目安となった。

なぜ榎か？ 徳川家康が全国規模の一里塚整備を命じた1604年2月4日のエピソードが、幕府の公式記録『徳川実紀』に記されている。一里塚計画の責任者、大久保石見守《いわのかみ》長安《ながやす》がどんな木を植えればよいかを家康に尋ねた。家康の返答は「よ

現代地図㊱ 高輪・二本榎と望楼

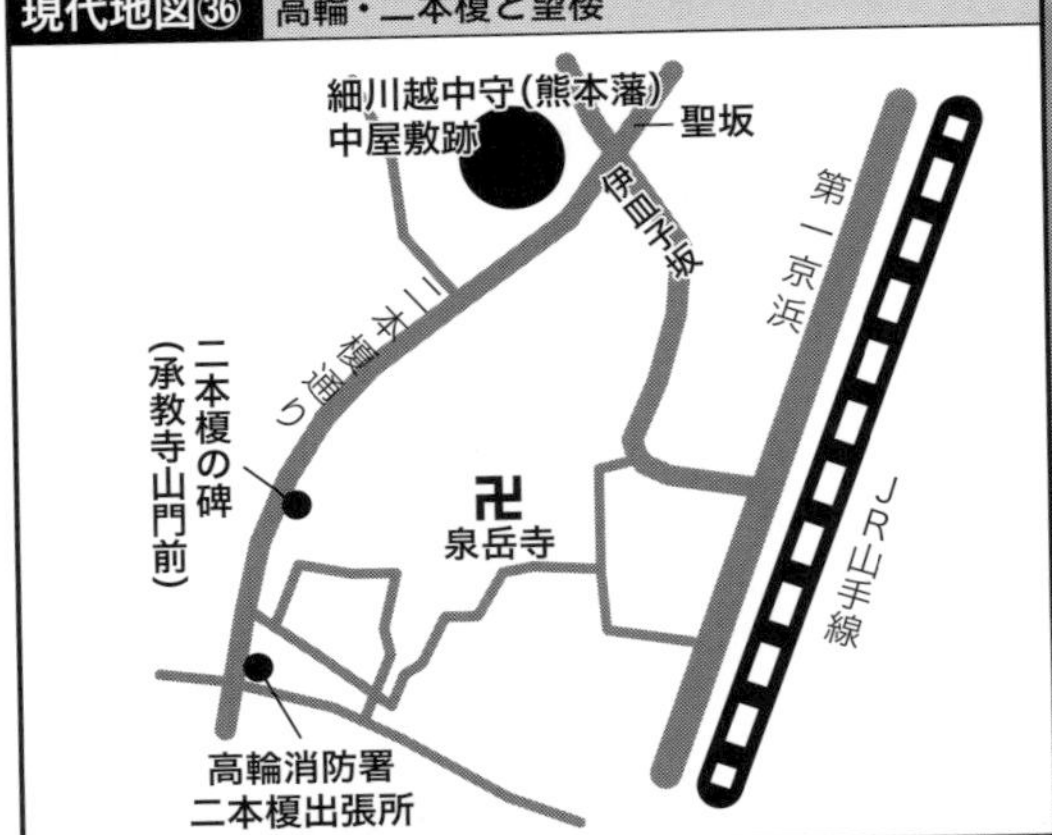

古地図㊱

『江戸切絵図 芝高輪辺絵図』より

(良)い木を用いよ」。大久保は「よい木」を「エノキ」と聞き違えた。

でき過ぎのような感じだが、公式記録だ。実用面で言うと、榎は成長すると高さ20メートルになり、遠くからよく見える。夏には広く張った枝に葉が生い茂り、一里塚で休息できた。しかも寿命が長い。

忠臣蔵の四十七士の墓がある泉岳寺《せんがくじ》(港区高輪)西側の高台一帯は江戸時代、二本榎と呼ばれた。高台の尾根に旧東海道が通じ、2本の大きな榎があったことが地名の由来。江戸中期の地誌に「往古の一里塚」とある。海岸沿いの東海道が整備される前、現在の二本榎通りが旧東海道だった。

■望楼が残る都内唯一の消防施設

『鬼平犯科帳』では、長谷川平蔵と長年の付き合いがある旗本・細井彦右衛門の屋敷が二本榎通りにある。肺結核で療養中の細井を平蔵は3カ月に一度、見舞いに訪れている。

〝騎乗の平蔵は、二本榎の通りを北へすすむ。突当りが細川越中守の中屋敷の角で、道が二つに別れていた。一は、右へ曲って伊皿子から聖坂を下り、三田へ出る。この道すじを平蔵が今朝、通ってきた〟(第20巻第6話「助太刀」)。

都営地下鉄三田駅からこのコースを逆にたどって二本榎通りへ。延々と続く坂道を上る。

高輪消防署二本榎出張所の外観

高輪消防署二本榎出張所の望楼からの眺め

その昔、海抜25メートルの高台に植わった榎の大木は目立ったであろう。

今の高台のシンボルは、高輪消防署二本榎出張所だ。１９３３年に落成した庁舎はクリーム色の外壁。灯台そっくりの望楼《ぼうろう》(火の見櫓)が異彩を放つ。消防ポンプ車がなければ消防施設とは想像もつかない。

新築当時は東京湾を眼下に望むことができ、品川駅や東京湾を航行する船からも望楼が見えて二本榎通りの目印になっていたというから、一里塚の役割も果たしてきた。戦後はビルが建ち並び、望楼からの見通しは悪くなった。さらに電話の普及で１１９番通報が一般的になり、二本榎出張所の望楼は１９７１年に運用を休止した。東京消防庁によると都内３０３カ所の消防施設で望楼が残っているのは二本榎出張所だけだ。

許可を得て望楼に上がった。地上21メートル、海抜では46メートルの高さ。高層ビルに阻まれ、〝**真帆・白帆**

が点々と浮かぶ江戸湾が空の下へ迫りあがってくる〃（第21巻第6話「男の隠れ家」）といった、江戸当時のこのあたりの高台からの眺望にはおよばない。レインボーブリッジが辛うじて見える。

出張所は都選定歴史的建造物で庁舎内を見学することができる。外観だけでなく庁舎内もアールヌーボー風のガス灯、曲線美を表現した階段など芸術性あふれる空間だ。３階の円形講堂には江戸時代の手動式放水具「竜吐《りゅうど》水《すい》」や、二本榎地区を担当していた町火消「本組」が使った大刺又《おおさすまた》など昔の消防用具が展示されている。１階の車庫には昭和16（1941）年製造で昭和39（1964）年まで二本榎の庁舎で使用された国産第一号のポンプ車を見ることができる。

二本榎通りをはさんで二本榎出張所の向かいに、何代目かの榎が植わっている。出張所の望楼と榎が対になって、まるで一里塚をイメージしたようでもある。

国産第一号のポンプ車

◆高輪消防署二本榎出張所

■住所：港区高輪2－6－17 ■電話：03－3473－0119 ■見学は9時～17時 ※10人以上の場合は事前に要予約

◆一里塚を見られる場所

2基一対のほぼ完全な形で残っているのは、都内で西ヶ原一里塚（北区西ケ原2－4－2、本郷通り沿い）と、志村一里塚（板橋区志村1－12、小豆沢2－16）の2カ所。ともに国の史跡になっている。

西ヶ原一里塚。本郷通りの中央分離帯の塚と、歩道側の塚で一対となっている

三七 盗賊が暗躍 船積み問屋が集中した経済の町

【小網町・思案橋（中央区日本橋小網町2）】

■ 鼠小僧の盗みによる被害額

「武家屋敷の中は警戒が緩い。女性が暮らす奥向き、長局《ながつぼね》は男子禁制で盗みは容易。万一見つかっても逃げやすい」。江戸で最も有名な盗賊の一人、鼠小僧次郎吉（1797〜1832年）は自白調書で大名や旗本屋敷を専門に盗みに入った理由を明かしている。侵入した武家屋敷は98カ所、被害金額は3121両。1両10万円として3億1210万円。

武家屋敷の居住スペースは武士の「表」と女性の「奥」に分かれていた。「奥」で働く女中たちは給金

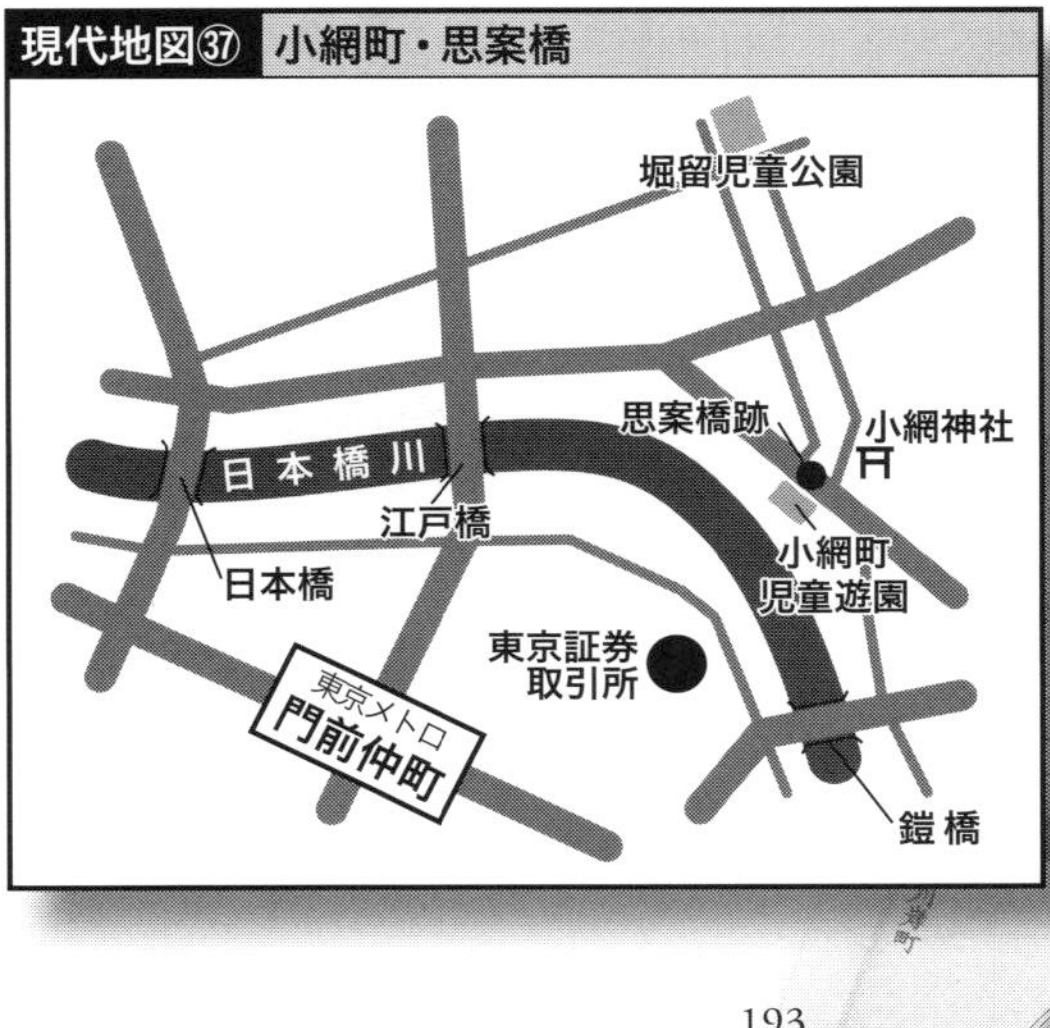

古地図㊲
『江戸切絵図 日本橋北神田浜町絵図』より

を箪笥預金にしていたことが多く、鼠小僧は難なく盗み取ることができた。

武家屋敷が盗人に入られたというのは、メンツ丸つぶれ。ほとんどが被害届を出さなかった。鼠小僧は日本橋浜町《はまちょう》にあった小幡《おばた》藩（群馬県）松平家の屋敷に忍び込んで捕えられたが、松平家は鼠小僧を屋敷から追い払い、たまたま通りかかった町奉行所の同心が路上で不審者を捕えたという筋書きにして引き渡した。屋敷では何事もなかったという体面を取り繕ったのである。

鼠小僧が刑死して15年後の１８４７年、武家屋敷専門の盗賊・市之助という男が捕まり処刑された。鼠小僧にあこがれ、市之助は小鼠小僧を自称した。「武士はお上から禄《ろく》をもらっているから、家財を盗まれても食いはぐれない。だが町人は盗難にあえば一家は路頭に迷う。盗みに入るのは武家屋敷に限る」。町奉行所の尋問に対して市之助は盗みの哲学を披露した。

■ 盗みの哲学

盗まれて難儀する所からは盗まない、人を傷つけない、押し入った先で女性に乱暴しない、というのは『鬼平犯科帳』で描かれる真の盗賊の掟《おきて》でもある。第６巻第５話「大川の隠居」はその一人、浜崎の友蔵が主人公。足を洗い、友五郎という名で船宿「加賀や」の船頭になっている。

小網町児童遊園（後方）の手前の道路に思案橋が架かっていた

友五郎はなんと火付盗賊改方の役宅に侵入し、長谷川平蔵の寝間から平蔵愛用の煙管を盗み出す。評判の高い平蔵の鼻を明かしてやろう、盗みの技を見せてやろう、というのが動機。よもや役宅に賊が忍び入ったとは思いいたらず、煙管がないことに首をかしげた平蔵であるが、剣友の岸井左馬《さま》之助《のすけ》とともに市中見回りの途中、たまたま「加賀や」へ立ち寄り、友五郎の舟に乗ったことで思わぬ展開になる。

〝二人は日本橋の南詰から江戸橋へ出て、これを北へわたり、小網町《こあみちょう》の河岸道を、堀江・六軒町へ出た。日本橋川からの入り堀にかかる思案橋《しあんばし》のたもとに〔加賀や〕という船宿がある〟

平蔵と左馬之助が船宿へ向かう道筋を歩いた。現在は埋め立てられた入り堀（東堀留川）の両岸に架かっていたのが思案橋。明暦の大火（1657年）以前、遊郭・吉原は東堀留川《ひがしほりどめがわ》の東側にあり、橋上で吉原へ行こうかどうしようか思案する人が多い、というのが名前の由来らしい。

小網町（現・日本橋小網町）には物資輸送の船積み問屋を中心にコメ、油、醤油などの問屋が多く、江戸経済の一翼を担っていた。『鬼平犯科帳』第17巻特別長編「鬼火」では小網町の線香問屋、熊野屋作兵衛方に盗賊が押し込み3千数百両を奪われる。小説の全話中で2番目に多い被害金額。小網町の経済力は小説からもしのばれる。

1830年代に刊行された『江戸名所図会』に、鎧《よろい》の渡しという日本橋川の渡船場のスケッチがある。対岸は白壁の蔵が建ち並ぶ小網町。明治になって渡船の代わりに鎧橋が架け

鎧橋から見た日本橋川。右側から東堀留川が流れ込んでいた

られた。永井荷風は東京に残る江戸の面影を書いた散策記『日和下駄《ひよりげた》』で江戸橋から思案橋、鎧橋を見る眺望は、沿岸の白壁の商家倉庫とともに「東京市内の堀割の中にて最も偉大なる壮観を呈する」と絶賛した。いまは日本橋川をすっぽり覆う首都高速の圧迫感は相当なものだ。

◆東堀留川と思案橋

日本橋川の入り堀だった東堀留川は戦後、空襲のがれき処理のため埋め立てられ、思案橋も撤去された。現在の堀留児童公園から小網町児童遊園にいたる道筋に川跡の名残をとどめる。思案橋では明治9（1876）年10月、旧会津藩士ら14人が警官隊と斬り合う事件が起きた。熊本県、福岡県、山口県で続発した不平士族の反乱に呼応して、小網町の船宿から船に乗って決起する直前、怪しんだ船頭の通報で警官隊が急襲した。思案橋事件と呼ばれている。

三八 客引きに、ぼったくり…盛り場がつまらなかった麻布

【麻布の一本松(港区元麻布)】

■藩士らの恨み爆発で廃業した遊里

〃(おもしろくない。実に、まったく、何も彼も、おもしろくない……) 胸にたまった不満が足の運びにも出て、火付盗賊改方の同心・木村忠吾は道端の小石を蹴った〃

木村忠吾は市中見回りの担当区域が上野、浅草方面から麻布方面に替わり腐りきっていた。見回りの途中、酒肴のうまい店を見つけ、岡場所で女性と交わることが忠吾の生きがいなのに、麻布にはまったく楽しみがない。蹴った小石は犬の頭に命中し、悲鳴をあげて逃げる様子を見て「ざまあ

資料 『江戸名所図会 麻布一本松』より

現代地図㊳ 麻布の一本松

みろ」と薄笑いを浮かべる始末。

『鬼平犯科帳』第21巻第3話「麻布一本松」は、遊び好きの忠吾の目線で、味気ない江戸時代の麻布が描かれている。

古地図を見ると武家屋敷は多い。『新修港区史』によると1827年当時、江戸に736あった大名屋敷のうち33％の247の屋敷が現在の港区内に、うち59の屋敷が麻布にあった。

遊里はあるにはあったが、江戸の遊里の評判を地図付きで記した『岡場所考』は、麻布藪《やぶ》下《した》と呼ばれたエリアの遊里を「至って人気が悪く女風俗よろしからず」とこきおろしている。強引な客引き、ぼったくり、しかもサービスが悪い。江戸に赴任した、世事に疎い地方の下級武士をカモにしていた。さすがの忠吾も腰が引けたかもしれない。

この遊里には後日談がある。1839年4月、ついに侍たちの恨みが爆発した。久留米藩（福岡県）の屋敷から50人とも100人とも伝えられる藩士らが徒党を組んで押しかけ、建物を破壊した。町奉行所の裁定で遊里は廃業となった。

〝ええ、畜生。何か、おもしろいことはないものか、おもしろいことは……〟

不満たらたらの忠吾が何度も道端の小石を蹴りながら歩く。今度は浪人の足に小石があたった。注意された忠吾は逆上し、浪人の急所を蹴り上げて逃走した。市中見回りどころ

江戸の名所だった一本松。このあたりは1966年まで麻布一本松町が町名。現在は元麻布になっている

か事件のタネをまいてしまう。忠吾が小石を蹴った現場は――。

〝そこは、俗に「一本松町道《いっぽんまつちょうみち》」と、よばれていて、道路の東側に長善寺《ちょうぜんじ》という寺がある。この寺の傍らの、藁屋根の茶店の門口に、注連《しめ》をかけた見事な松の老樹があり、垣をめぐらして、石燈籠を添えてあるのは、何やら由緒のある松にちがいない。(中略)いまは、「麻布の一本松」と、よばれて、江戸の人びとの口にものぼるほどになっている〟

地下鉄麻布十番駅から南西約350メートル。大黒坂、暗闇坂、一本松坂が合流する地点に長伝寺《ちょうでんじ》(小説の長善寺)があり、一本松坂(小説の一本松町道)の歩道に一本松が植わっている。すぐ隣の5階建てマンションとほぼ同じ高さ。垣をめぐらせてあり、石燈籠もあって大切に保存されている。浪人とトラブルを起こして4日後、忠吾は一本松のそばにある茶店に入り、酒を注文すると町女房風の美女に「お酌をさせてください」と声をかけられた。面白いことになりそうだと有頂天になるのだが……。

この茶店は「ふじ岡」という屋号。『江戸名所図会』に一本松とともに描かれた、実際にあった茶店で、第9巻第4話「本門寺暮雪」にも登場する。

■ 柔軟な本役v.s生真面目な助役

一本松から約500メートル西に中国大使館と麻布消防署がある。この敷地は家禄2000石の高級旗本・松平左金吾定寅《さきんごさだとら》の屋敷だった。史実の火盗改方長官・長谷川平蔵とは因縁が深い人物だ。火事の多い秋から春にかけて、警戒強化のため正規の火盗改方(本役)に加えて、臨時の火盗改方(助役《すけやく》)が任命された。平蔵が本役だった1788年から死去する95年までの間、左金吾は助役を3度務めた。

旗本らの評判を記した『よしの冊子』にこんなエピソードがある。左金吾の部下が十手を盗まれた。「けしからんことだ。上役へ報告しなければなるまい」と頭を抱える左金吾に、平蔵はこう答えた。「報告しない方がいい。捕物で奪われたのならともかく、盗まれたのでは仕方ない」。十手を紛失したことが発覚すれば処分は免れない。これしきのこと、もみ消して部下を守れ、と平蔵は勧めたのである。

左金吾は平蔵の助言を受け入れたが、規則にとらわれない平蔵に対して、何事もしゃくし定規な左金吾は反感を持っていた。平蔵は幕府から禁じられていた密偵をフルに使っていたが、左金吾は幕府の命を厳守し、密偵を雇用しなかった。「平蔵は火付けや野盗を捕らえて自慢しているが、当座の功だ」と批判しているが、多分に平蔵を妬んでいた。

一方、左金吾は老中首座・松平定信の親戚にあたり、血筋の良さを鼻にかけ、同僚旗本から煙たがられていた。

左金吾の屋敷が見回り区域にあることも、平蔵配下の忠吾には面白くなかっただろう。しかも皮肉なことに、1795年に平蔵が死去すると、左金吾は、平蔵が頭を務めていた先手弓二番組を率いることになった。推測するしかないが、先手弓二番組に所属していた忠吾をはじめとする同心と与力たちに激震が走ったに違いない。

左金吾は平蔵死去の翌年、1796年に病没した。長男の松平左金吾定朝《さだとも》は子供の頃から花菖蒲《しょうぶ》の栽培が趣味だった。京都西町奉行を勤めた時は役宅に花菖蒲の畑をつくり、品種改良した花菖蒲を天皇に献上したほどだ。江戸に戻ってからは屋敷の庭で研究を続け、1853年に花菖蒲の自作品種を紹介し、栽培方法をまとめた『花菖培養録』を著した。

定朝による数々の新品種の花菖蒲は、堀切《ほりきり》（葛飾区）の花菖蒲園に持ち込まれて江戸名所になった。いまの堀切菖蒲園である。「麻布一本松」の舞台で、ひそかに花菖蒲プロジェクトが進行していた。

◆麻布一本松

1830年代刊行の『江戸名所図会』には、長伝寺門前の茶店とともに一本の松が描かれている。『冠松とも呼ばれた。その由来について、このあたりで死去した京都の貴人を衣冠とともに埋葬し、一本の松を植樹したとの説、源経基《つねもと》がこの地に宿泊し衣冠を松にかけたとの説などがある。さらに関ヶ原の戦いで敗れた武将の首を一本松のたもとに埋葬し、首塚として祀られたとの説もあり、もっと怖いものになると、嫉妬深い女性が一本松を植えて人を呪ったという伝説もある。

㊴ 冤罪、情報漏洩、殺人事件…部下の不祥事と組織

【永代橋「翁庵」（江東区永代1）】

■町奉行の組織マネジメント

裁判を指揮しながら初めて訴状に目を通す。難しいところは飛ばし読みして思案する。この事件、与力の誰に担当させようか……。

幕末の1865年から9カ月間、南町奉行を務めた山口直毅《なおき》（1830〜95年）が明治になって明らかにした裁判初日の秘話。部下の与力がその後の実質審理を進めた。旧幕臣の証言集『旧事諮問録』に収録されている。

町奉行は現代の都知事、警視総監、東京地裁所長、東京消防庁の消防総監を兼ねる役職。超多忙

現代地図㊴　永代橋「翁庵」

古地図㊴

『江戸切絵図　深川絵図』より

だ。町奉行所の与力、同心は終身雇用の職員。ほぼ世襲制で専門知識と実務能力は代々引き継がれた。部下に仕事を任せ、ほめてヤル気を引き出す。組織マネジメントに町奉行は心を砕いた。町奉行の評価は部下の能力と士気に依存した。

火付盗賊改方の長官と部下も同様な関係だが、町奉行と違って長官は自ら市中を巡回し犯人を捕縛した。これを「御馬先捕り」という。実はその大半、部下が事前に容疑者を捕らえて番所に留置しておき、巡回途中に長官があたかも召し捕ったかのようにお膳立てした。手柄を競う部下たちが長官を喜ばせる、芝居じみた捕物だった。

『鬼平犯科帳』の長谷川平蔵はばかげた御馬先捕りは一切していないが、ほめられたい一心で無理をする部下もいる。第5巻第7話「鈍牛《のろうし》」に登場する同心の田中貞四郎《さだしろう》もその一人。

■いまも変わらぬ冤罪の構図

深川熊井町（現・江東区永代1）のそば屋「翁庵《おきなあん》」が放火され現金を盗まれた。貞四郎は容疑者を投獄し、喜色満面で平蔵に報告したのだが、自白を強要した冤罪であることが発覚。貞四郎は武士身分を召し上げられ、江戸を追放された。上司の平蔵は幕閣から叱責されるが、実際にはそれでは済まなかった。

1766年6月から1年間、火盗改方長官を務めた細井金右衛門。長官退任から3カ月が過ぎた67年9月16日、細井は先手弓組頭の役職を解任され、逼塞《ひっそく》を命じられた。逼塞とは自宅の表門を閉鎖し、昼間の出入りを禁じる刑罰。長官在任中に部下の与力が投獄した放火容疑者の無実が判明したためだ。金右衛門の息子は将軍の側近くに仕える小納戸《こなんど》だったが、父に連座して失職した。金右衛門の部下の与力、同心も処罰された。

大名や旗本の系譜集『寛政重修諸家譜《かんせいちょうしゅうしょかふ》』の細井金右衛門の経歴には、冤罪の背景が書かれている。容疑者を糾明する時は情を尽くし、すべての関係者から事情聴取するよう監督しなければならないのに、与力に任せきりだったこと。与力も無実だと思いながらも、放火犯検挙の焦り、捜査官のメンツから自白を強要したこと……。今の冤罪と同じ構図だ。江戸からの教訓はなかなか生かされない。

■ 部下の不始末、上司・平蔵は?

『鬼平犯科帳』の作品から部下の不始末を拾ってみると――。

同心・佐々木新助(第4巻第5話「あばたの新助」)。深川・富岡八幡宮の甘酒屋の茶汲女と男女の仲になった。この女、盗賊の首領の女房で、佐々木を色仕掛けの罠にかけた。盗賊から脅迫された佐々木は、火盗改方の深夜の見回りコースを盗賊に漏らし、押し込み強盗を手助けした。長谷川平蔵に感づかれた佐々木は、死を覚悟して盗賊の隠れ家に突入し死亡。

平蔵は佐々木が情報漏洩していたことを自分の胸に秘めて、殉職扱いにし、遺族に手当を出した。

与力・富田達五郎（第13巻第2話「殺しの波紋」）。見回りの途中、酒気を帯びた大身《たいしん》旗本の息子に因縁をつけられ、刀を抜き合って斬り殺した。それを目撃し脅迫してきた男も殺害。盗賊にも弱みを握られ悪事に加担し、ついには平蔵に斬りかかろうとして逆に斬り倒された。

同心・黒沢勝之助（第16巻第2話「網虫のお吉」）。日本橋の琴師の後妻になった女盗賊を脅迫して情交を重ね、カネをゆすり取った。盗賊の隠れ家の情報を収集する目的だったが、平蔵に気づかれ、役宅の裏庭で切腹した。

正義の鬼平軍団であるが、道を踏み外す者はいる。ただ、いずれのケースも、平蔵はギリギリまで部下に疑惑の目を向けない。平蔵の心情は一貫している。

〝部下の与力・同心たちはおろか、密偵に対しても、平蔵は全幅の信頼をよせているのだ。この〈信頼の目〉が曇ったときこそ、（おれは御役目を辞さねばならぬ）思いきわめている平蔵であった〟（「あばたの新助」）

「鈍牛」の翁庵は放火後に再建され、その後は他の作品にたびたび登場し、平蔵なじみのそば屋になった。北側の永代橋のたもとには江戸時代、船手組の屋敷があった。幕府の船

永代橋から隅田川を望む。右側に長谷川平蔵の孫宣昭が管理職を務めた船手組の屋敷があった

船を管理する組織で、遠島の受刑者を伊豆大島や八丈島に送る流人船の運用も担当していた。幕府の公式記録『続徳川実紀』の1843年3月29日の項目にこんな記述がある(一部略)。

「船手頭長谷川平蔵。その配下の者罪ありて刑せられる。とがめられて職を放ち小普請《こぶしん》に入れ閉門せしめられる」

ここにある長谷川平蔵は鬼平の孫で諱《いみな》は宣昭《のぶあき》。長谷川家では平蔵の父・宣雄から代々平蔵を名乗っており、鬼平の諱は宣以《のぶため》。4代目平蔵の宣昭は船手組を率いる船手頭だったが、部下の不祥事で解任され、小普請(無役)となり、逼塞よりも罪が重い閉門を科せられた。同時に本所の屋敷(940坪=約3100平方メートル)から駒込の200坪(約660平方メートル)の屋敷に移された。

部下の不祥事に見舞われた小説と史実の2人の平蔵。その舞台が永代橋周辺というのも不思議な因縁である。

◆長谷川家の屋敷の変遷

『東京市史稿』市街編に記載された武家屋敷の用地利用記録によると、平蔵が5歳の時、長谷川家は築地鉄砲洲(中央区湊)の479坪(約1580平方メートル)に転居。それ以前は赤坂築地(港区赤坂)に屋敷があった。平蔵19歳の時に本所菊川町に転居。この屋敷は1238坪(約4085平方メートル)あった。平蔵の息子辰蔵の代で、一部を他の旗本屋敷に分与し、本所の長谷川家の屋敷は940坪になった。

四〇 男社会の胃袋満たしたファストフード社会

【老舗居酒屋「鍵屋」（台東区根岸3）】

■ファストフードにコンビニ

「五歩に一楼、十歩に一閣、みな飲食の店ならずということなし」。御家人で文人の大田南畝が随筆『一話一言《いちわいちげん》』で江戸の特色をこう表現した。町内を歩けば5歩ごとに小さな飲食店、10歩ごとに大きな飲食店があるという意味だ。大坂の歌舞伎狂言作者・西沢一鳳《いっぽう》（1802〜53年）は江戸に出てきて「一町内に半分は食い物屋なり」と随筆『皇都《みやこの》午睡《ひるね》』に記している。食い道楽の浪速の町よりもすごい！　という驚きも込められている。

これまでも書いてきたが、江戸は土地の70％が

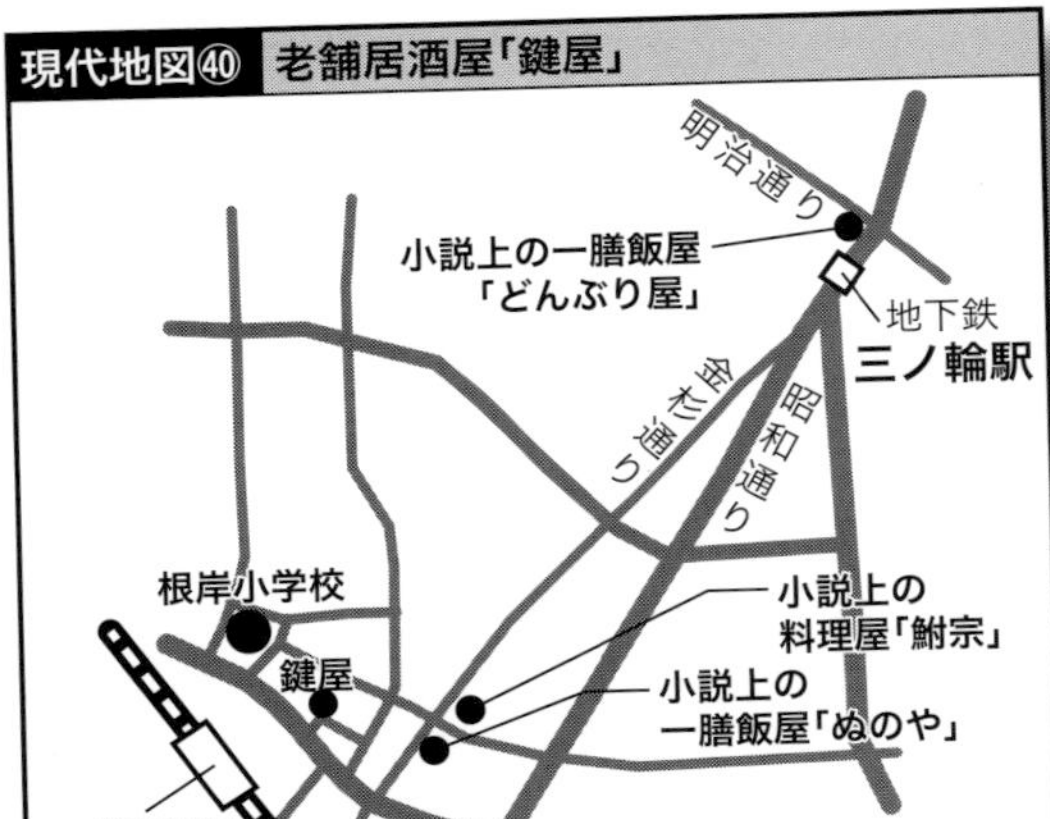

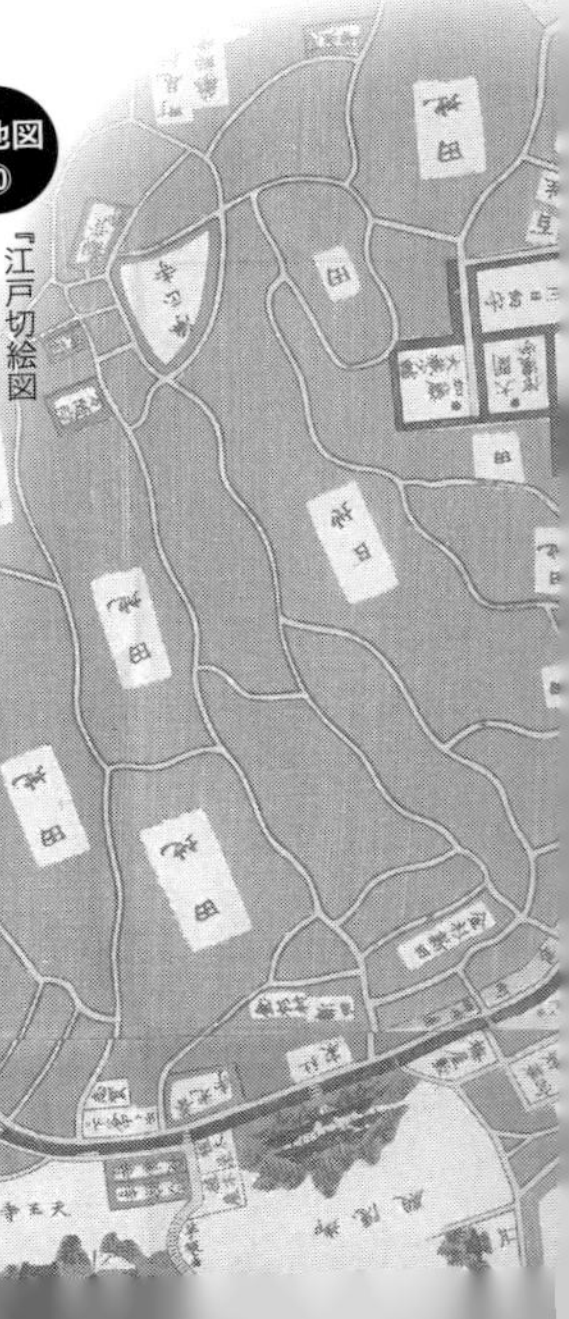

古地図㊵
『江戸切絵図 根岸谷中辺絵図』より

武家屋敷、14％が寺社の敷地、残り16％に50万人を超える町人が暮らしていた。狭い土地に膨大な町人人口を抱えているから、必然的に多種多様な商品やサービスの需要が大きかった。

さらに江戸の人口は圧倒的に男が多かった。商家の奉公人はほとんどが単身の男、職人も男社会だし、地方から江戸に出稼ぎに来る男も多かった。参勤交代で江戸に単身赴任する武士もかなりの数に上っていた。

そうなると、男たちに食べさせるファストフード・ビジネスが生まれる。ウナギ、そば、寿司、田楽、天ぷらの屋台が建ち並んだ。「中食」派向けに、棒手振りと呼ばれた行商も活発になった。庶民が多く暮らす長屋まで魚介類、青物を売りに来て、客の求めに応じて魚をさばいてくれた。煮売屋といって、惣菜も売り歩いた。酒屋が立ち飲み屋を兼ねるようになり、居酒屋へと発展した。

食だけではない。やもめ暮らしに必要な品々、例えば古着、履物、蚊帳《かや》など日用品の行商人も増えた。時代が下ると女性人口も増え、女性や家族向けに化粧品やアクセサリー、子供のおもちゃ、植木や花、七夕飾りの竹、風鈴、金魚など生活に潤いを与える品々を届けた。識字率の向上とともに貸本の宅配サービスも誕生した。行商ビジネスは実に多彩だった。

江戸版コンビニも登場した。各町には防犯対策のため木戸《きど》と呼ばれた門が設けられ、木戸の隣に小屋があって木戸番と呼ばれる警備員が詰めていた。賃金の低かった木戸番が思いついた副業が、小屋を店舗にすることだった。日用品やお菓子、履物などを売ったが、このヒット商品は焼きイモだった。「手軽で便利」が江戸の生活文化のキーワードになり、この土壌を背景に外食産業が発展していった。

■ サイデンステッカーが愛した居酒屋

『鬼平犯科帳』はグルメ都市・江戸の描写も豊富だ。

第11巻第2話「土蜘蛛《つちぐも》の金五郎」は、太打ちの田舎そばが評判の下谷車坂町（現・台東区東上野）の「小玉屋」から物語がはじまる。冷酒とそばを注文した長谷川平蔵は3人連れの客が語る格安の飯屋の話に耳を傾ける。興味をそそられた平蔵は金杉《かなすぎ》通りから三ノ輪に入り、うわさの一膳飯屋「どんぶり屋」へ。「あつい飯に味噌汁。里芋と葱《ねぎ》のふくめ煮と、大根の切漬」の定食。貧しい人たちには無料で雑炊を振る舞う。

どんぶり屋の亭主は、実は盗賊の首領・土蜘蛛の金五郎。悪事で得たカネで善事を行い、虚栄心を満足させている。金杉通り沿いには、やはり一膳飯屋の「ぬのや」があるが、こちらは火盗改方の密偵・弥市が亭主だ（第2巻5話「密偵」）。シジミ汁と川魚が名物の庶民的な料理屋「鮒宗」は同心の木村忠吾なじみの店(第19巻第4話「逃げた妻」)。どこも事件に絡む店ばかりである。

物騒なのは小説の世界。路地の一角に、日本文学研究家で川端康成、三島由紀夫らの翻訳者として知られるエドワード・サイデンステッカーさん(2007年8月、86歳で死去)がこよなく愛した老舗居酒屋「鍵屋」がある。幕末の1856年、酒屋として創業。当時の建物は「江戸東京たてもの園」(小金井市桜町、都立小金井公園内)に移築保存され、現在の店は1912年建築。元は踊りの師匠の家。古民家居酒屋である。

「店は創業以来、言問《こととい》通りに面していましたが、1970年代に道路拡張のため移転。建物は取り壊しの運命でしたが、サイデンステッカーさんが保存を求めて新聞に投書し、それがきっかけで移築保存されたのです」。7代目店主の清水賢太郎さんは鍵屋の歴史を守った恩人をしのぶ。ちなみにサイデンステッカーさんの好物は冷や奴だった。

鍵屋の創業者は伊賀上野(三重県)出身。酒の小売商を営み、津藩主・藤堂家の参勤交代に伴って江戸へ。伊賀上野といえば、荒木又右衛門が奮闘した日本三大敵討ちの現場「鍵屋の辻」がある。歴史的大事件が屋号に受け継がれている。

江戸の酒屋時代からの歴史が詰まった鍵屋の店内と７代目店主、清水賢太郎さん

■鬼平が食べたウナギ

メニューは居酒屋に衣替えした１９４９年当時から変わっていない。名物はウナギの「くりから焼き」。縦に切ったウナギを竹串に巻きつけるように刺し、秘伝のタレにつけて焼く。

江戸後期にかば焼きが流行する前、ウナギはまるごと串に刺して焼いた。『鬼平犯科帳』にも平蔵が若い頃に食べたウナギの描写がある。〝丸焼きにしたものに豆油やら山椒味噌やらを塗りつけただけのものを辻売りにしており……〟（第15巻特別長編「雲竜剣」）。くりから焼きは平蔵が食べたウナギに近そうだ。

鶏皮とモツのミックス鍋は豆腐、コン

ニャク、玉ねぎなどをあしらい、軍鶏鍋を味わっているような味覚が広がる。味噌おでんは小説にもたびたび出てくる味噌田楽。食文化の歴史をかみしめ、鬼平グルメの世界に浸る。

下町情緒があって、江戸から続く店もあって、旨い酒と素敵な亭主や女将がいて、このまま迷い込んでもいいや、と現実逃避したくなる路地もあって……。『鬼平犯科帳』は散歩の羅針盤である。

鍵屋の外観

◆鍵屋

■住所：台東区根岸３丁目６-23　■電話：03-3872-2227　■営業時間：17時～21時　■定休日：日、祝

あとがき

新聞社には「サツ回り」という担当がある。朝と夕方、警察署を回って事件・事故の有無を確認し、何かあれば現場へ駆けつける。世の中が平穏であれば、面白い話題はないかと街をひたすら歩く(むしろ、こちらの方がメイン)。夜は警察幹部の自宅へ出向き、事件ネタを探るか、夜の街を探訪する。あるいは、取材相手を誘って酒を飲みながら深い話を聞く。そんな日常を送る仕事だ。

情報のアンテナは人脈と現場のみ。インターネットや携帯電話のなかった時代、サツ回りは情報収集の基本であり、最前線だった。通常、入社間もない記者が担当するが、私の場合、初任地の松山支局(愛媛県)では後輩がしばらく来なかったこともあり、3年間の任期中、ずっとサツ回りだった(その後、大阪、東京でもサツ回りを担当した)。

『鬼平犯科帳』を愛読する警察幹部が少なからずいることを知ったのは、松山でのサツ回りの時期だった。指揮官のあるべき姿、部下の用い方、捜査の進め方、捜査の誤りへの対処など過去の体験に小説の長谷川平蔵を重ねて語ってくれた。私は当時、江戸の警察サスペンス小説ぐらいの認識しかなかったから、警察組織の指針、教訓になるような読まれ方をされることを知って驚いた。そのこともあって、『鬼平犯科帳』への興味が湧いた。三十数年前のことだ。

265年におよぶ江戸時代、火付盗賊改方長官は再任を含めると248人いた。その一人、長谷川平蔵が小説の主人公になったことで、専門家による史実の平蔵研究が進展した。本書でも随所で触れた『よしの冊子』は、『鬼平犯科帳』の連載が後半に入った1980～81年に世に出た。その中で明らかになった平蔵の人物像は、捜査手法、部下への配慮、社会の底辺に生きる者たちへの温かいまなざしを含めて、小説で描かれた平蔵そのものである。小説が史実を掘り起こし、史実が小説を後追いしている。

『鬼平犯科帳』は、時に盗賊の視点で世の矛盾を突き、悪人とされる人間にも理があること、善人と評される人間も、善と悪の狭間で葛藤を抱えていることを浮き彫りにしている。勧善懲悪を排しているのが特色だ。

『よしの冊子』に描かれている平蔵については、「正義の味方」と評する人もいれば、見回りの途中で貧しいものに小銭を与えたりする姿を「仁政の安売り」と嫌悪する人もいた。火事が起きると、平蔵はいち早く与力、同心を派遣し長谷川家の高張り提灯を数多く掲げさせ、火事場泥棒を防いだが、これを「スタンドプレー」と揶揄する向きもあった。平蔵とともに仕事をしている者、身近に接している者からは信頼されたが、付き合いのない者から厳しい目を向けられた。妬み、やっかみの類である。

いまやスマートフォンによる無機質な文字がコミュニケーションの中心になり、目に見えぬ相手への誹謗中傷の激烈さは、『よしの冊子』の比ではない。しかも仮想空間のやりとりが、現実の世界に降りてきた。異なる価値観、意見に攻撃的な世の中である。

〝人間とは、妙な生きものよ。悪いことをしながら善いことをし、善いことをしながら悪事をはたらく。こころをゆるし合うた友をだまして、そのこころを傷つけまいとする〟(第8巻第3話「明神の次朗吉」)

〝現代は人情蔑視の時代であるから、人間という生きものは情智ともにそなわってこそ〈人〉となるべきことを忘れかけている〟(第1巻第3話「血頭の丹兵衛」)

善悪二元論の思考に陥っている不寛容ないまだからこそ、見知らぬ人への想像力、人を思う共感性という「人の世の根幹」が底流に流れる『鬼平犯科帳』は、いっそう心に響くのである。長谷川平蔵を主人公にした、池波正太郎の小説『浅草・御厩河岸』が『オール讀物』(文藝春秋)1967年12月号で発表され、翌68年1月号から『鬼平犯科帳』のタイトルでシリーズ化された。単行本・文庫本で半世紀にわたって読み継がれているのは、私たちに突きつける普遍的なテーマがあるからだろう。

『鬼平犯科帳』のもう一つの魅力は、『江戸切絵図』や『江戸名所図会』などに描かれた町並みと情景を丹念に投影していることだ。小説の舞台を歩けば、想像が膨らみ、知りたいこともあれこれ出て来る。出会った人とも話したい。そんなサツ回りの感覚で2015年7月から16年8月まで毎日新聞東京版に「鬼平を歩く」という連載を執筆した。

ＣＣＣメディアハウス書籍第二編集部の田中里枝さんから今年9月、お声がけいただき、連載を大幅に加筆修正した。部長の牛島暁美さんともども鬼平ファンということもあり、書籍化が実現した。感謝申し上げたい。

『鬼平犯科帳』に登場する舞台は数多く、掲載したのは一部にすぎない。全体を通して火付盗賊改方や長谷川平蔵を体系的に知ることができる舞台や土地、散策していて楽しいエリアを優先して紹介した。現地取材にあたっては『復元江戸情報地図』(朝日新聞社、1994年)を参考にして歩いた。江戸と東京のつながりに想像を巡らせながら、街という現場を楽しむ一助となれば本望である。

2017年11月

小松　健一

史実の長谷川平蔵の菩提寺、戒行寺（新宿区須賀町9）には「長谷川平蔵供養之碑」が建てられている。父の長谷川宣雄、宣以（平蔵）、息子の宣義（辰蔵）の3人が埋葬されたが、その後の墓所移転で、現在は戒行寺に平蔵らの墓はない。『寛政重修諸家譜』によると、平蔵は寛政7（1795）年5月19日死去だが、戒行寺の過去帳では5月10日になっている。平蔵は使者を通じて5月14日にお役御免を幕府に願い出ており、10日の死去後、退職などの手続きを終えて19日に死去を公表したと解釈されている。

主要参考文献

■ 江戸を知る

『新訂 江戸名所図会（1～6巻）**』**市古夏生・鈴木健一 校訂
（ちくま学芸文庫／1996年～2009年）

『江戸町方の制度』石井良助（新人物往来社／1968年）

『見る・読む・調べる 江戸時代年表』山本博文 監修（小学館／2007年）

『三田村鳶魚全集（全28巻）**』**（中央公論社／1975年）

『新装版 三田村鳶魚江戸武家事典』稲垣史生（青蛙房／2012年）

『深川区史（上・下巻）**』**（深川区史編纂会／1926年）

『世事見聞録』武陽隠士・本庄英治郎 校訂 奈良本辰也 補訂（岩波文庫／1994年）

『旧事諮問録（上・下巻）**』**旧事諮問会 編纂 進士慶幹 校注（岩波文庫／1986年）

■ 長谷川平蔵と火付盗賊改方を知る

「よしの冊子」『随筆百花苑』第8・9巻（中央公論社／1980～81年）

『宇下一言・修行録』松平定信（岩波文庫／1942年）

『御仕置例類集』（古類集）司法省調査部 編（司法省調査部／1941～43年）

『江戸刑事人名事典』釣 洋一（新人物往来社／2006年）

『江戸時代制度の研究（上巻）**』**松平太郎（武家制度研究会／1919年）

『鬼平 長谷川平蔵の生涯』重松一義（新人物往来社／1993年）

『「鬼平」を歩く 実録・長谷川平蔵の生涯』佐々木明・重松一義
（下町タイムス社／1997年）

『江戸の中間管理職 長谷川平蔵』西尾忠久（文藝春秋／2000年）

『江戸の旗本事典』小川恭一（角川ソフィア文庫／2016年）

「徳川実紀」『国史大系』第38～52巻（吉川弘文館／1964～67年）

小松健一　毎日新聞統合デジタル取材センター局次長委員

１９５８年、大阪市生まれ。大阪市立大商学部卒、神戸大大学院（経営学研究科）修了後、毎日新聞社入社。松山支局、大阪社会部、東京社会部を経てバンコク支局長、夕刊編集部長、北米総局長（ワシントンDC駐在）、編集編成局編集委員などを歴任。歌舞伎町の裏社会ルポなどの街ネタから政治家・官僚汚職、地下鉄サリン事件など一連のオウム真理教事件、旧ユーゴスラビア内戦やアフガン戦争などを取材した。街歩きの連載は「赤瀬川原平の『散歩の言い訳』」（夕刊）、「町田忍の昭和レトロ散歩」（デジタル版）、「酒場のおんな」（同）、「鬼平を歩く」（朝刊）を担当。２０１６年12月からチンドン屋の人生と街を描く「チンドンの世界」、続編の「チンドン繁盛記」（朝刊）を取材、執筆中。

毎日新聞旅行の古地図散歩ツアーの案内人を務め、ＦＭえどがわのトーク番組「日本のカタチ　江戸はこんなに面白い」に出演している。

古地図片手《こちずかたて》に記者《きしゃ》が行《い》く
「鬼平犯科帳《おにへいはんかちょう》」から見《み》える東京《とうきょう》21世紀《せいき》

2017年12月24日　初版発行

著　者　小松健一
発行者　小林圭太
発行所　株式会社 ＣＣＣメディアハウス
〒153-8541 東京都目黒区目黒1丁目24番12号
電　話　販売　03-5436-5721
　　　　編集　03-5436-5735
http://books.cccmh.co.jp
装幀・本文デザイン・イラスト　西村健志
印刷・製本　豊国印刷株式会社

ISBN978-4-484-17237-8